W0191445

⧈ | KJB

Foto: privat

Angelika Glitz, geboren 1966, arbeitete nach ihrem Studium einige Jahre in der Werbung. Heute schreibt sie Kinderbücher und Drehbücher fürs Kinderfernsehen. Sie lebt mit ihrem Mann und drei Kindern in der Nähe von Frankfurt am Main. Bei Fischer sind von ihr außerdem die Kinderromane ›Henry und die Sache mit dem Bären‹ sowie ›Emmi und das Jahr, in dem Weihnachten an Ostern begann‹ erschienen.

Foto: privat

Leonard Erlbruch, 1984 geboren, hat schon als Schüler Bücher von Peter Maiwald und Per Olov Enquist illustriert. In Leipzig studierte er später Illustration und arbeitet seitdem als freischaffender Illustrator. Er lebt mit seiner Familie in Leipzig.

Weitere Informationen zum Kinder- und Jugendbuchprogramm der S. Fischer Verlage, auch zu E-Book-Ausgaben, gibt es bei *www.blubberfisch.de* und *www.fischerverlage.de*

Angelika Glitz

Der
Himmel
kommt
später

Mit Vignetten
von Leonard Erlbruch

✦ | KJB

Für meine Tochter Frida
und all ihre Farben

Erschienen bei FISCHER KJB

© S. Fischer Verlag GmbH, Frankfurt am Main 2015
Umschlaggestaltung: Regina Solf
unter Verwendung einer Illustration von Leonard Erlbruch
Satz: Dörlemann Satz, Lemförde
Druck und Bindung: CPI books GmbH, Leck
Printed in Germany
ISBN 978-3-596-85669-5

Inhalt

Erstes Kapitel,
in dem ein Wunder geschieht

Papa sagt, man kann nur glauben, was man sieht, und Mama sagt, da sei was Wahres dran. Allerdings glaubt Mama trotzdem an Gott und an ein Paradies im Himmel und sogar an Engel. Dabei ist ihr nichts davon je unter die Augen gekommen. Was ich glauben soll, weiß ich nicht. Also, ich denke schon, dass es da oben etwas Großes gibt, doch ob da ausgerechnet der Chef mit Rauschebart auf seiner Wolke sitzt? Ich kann es mir nur schwer vorstellen. Trotzdem bete ich manchmal, meistens, wenn ich etwas brauche.

Einmal zum Beispiel, da habe ich Gott um mehr Taschengeld angefleht, das hatte ich dringend nötig. Und was war passiert? Ich blätterte zwei Comic-Hefte durch, tapste die Treppe hinunter, und da sagte Papa: »Du wolltest dir doch ein bisschen Taschengeld dazuverdienen.«

Einfach so und ohne sich vorher darüber zu beschweren, dass ich nackte Füße hatte oder meine Haare verstrubbelt wie eine Ponymähne waren. Morgens liebt er es nämlich, sich über mein Aussehen zu beschweren und mir Ratschläge zu erteilen: Trag die Haare doch mal zu einem Pferdeschwanz! Zieh doch mal was Hübsches an, zum Beispiel einen Rock oder eine Bluse. Es könnte auch nicht schaden, die »ollen« Turnschuhe endlich in den Müll zu befördern oder wenigstens zu putzen und zu desinfizieren.

Aber heute kein Wort davon, heute kam er gleich auf den Punkt. »Möchtest du mehr Taschengeld?«

Verrückt, also wenn das keine prompte Lieferung war. Ich beugte mich zu meinem kleinen Bruder Ben hinunter, der in seinem Stühlchen mit den Beinen strampelte, drückte ihm einen Kuss auf die Wange und klaute ihm ein Stückchen Apfel von seinem Teller.

»Das wäre toll, was soll ich tun?«

Papa guckte Mama über den Rand seiner Zeitung hinweg an.

»Siehst du.«

»Na, was soll sie darauf sonst antworten. Schließlich fleht sie dich seit Wochen um mehr Taschengeld an. Sie hat dir sogar angeboten, dein Auto zu waschen.«

»Mein Auto! Das kommt mir nur in die Wasch-
anlage, sonst wird der Lack stumpf. Oder kriegt
Kratzer, wenn man mit dem Schwamm so gefühllos
umgeht.«

Ich schaute von einem zum anderen und fragte
mich, was hier eigentlich los war. Es war Sonntag-
morgen. Normalerweise taten meine Eltern um
diese Zeit nicht mehr, als mit einer Tasse Kaffee in
der Hand die Zeitung zu lesen und Ben ab und an
einen Apfel zu schälen oder ihm eine Scheibe Brot
in kleine Reiterchen zu schneiden.

»Also, wie ist das jetzt mit meinem Taschengeld?«,
fragte ich, damit es mal voranging.

»Erklär du es ihr«, sagte Mama.

Aber dann fing Mama doch an, weil Papa Kaffee
aus seiner Tasse schwappte, als er sie auf der Zeitung
absetzte, und er eine Serviette suchen musste.

»Ich sage dir gleich, ich halte nichts davon, weil
du dienstags Flöten hast, aber mich hat ja niemand
gefragt.«

Sie warf Papa einen Seitenblick zu, auf den er
nicht reagieren konnte, weil er der Bundeskanzlerin
den Kaffee wieder von der Nase tupfen musste.
Mama seufzte und fuhr fort.

»Es geht um eine alte Tante von dir, so eine Art
Oma, Oma Hilde. Sie ist die Schwester deiner Ur-
Oma, also von der Mutter von Oma Martha. Bisher

13

hat sie in einem kleinen Ort in den Bergen gelebt, Hintertux. Sie ist sehr nett und eigentlich richtig rüstig für ihr Alter, aber nun kommt sie nicht mehr alleine klar. Sie kann sich nicht mehr die Schuhe zubinden und Essen kochen, sie ist auch schlecht zu Fuß. Und sie hat keine anderen Verwandten in der Nähe, deswegen müssen wir uns um sie kümmern.«

Ich hockte mich auf unsere Küchenbank, zog die Beine an und wärmte meine Zehenspitzen mit den Händen.

Also sollte ich etwas machen, das mit einer Oma zu tun hatte. Und zwar immer dienstags. Ansonsten hatte ich nur Bahnhof verstanden. Aber ich wusste, wer Oma Martha war, die Mutter von Papa. Sie gab ihre Rente in einem Apartment mit Meerblick auf Mallorca aus. Leider war das Apartment klein und obendrein mit teuren Dingen vollgestellt, die alle kaputtgehen konnten, so dass wir sie nie besuchen durften.

»Es ist nur vorübergehend«, sagte Papa, »bis wir einen Platz im Altersheim haben. Und außerdem weiß man ja nie.«

»Was weiß man nie?«

»Wann Oma Hilde von uns gehen wird«, sagte Papa.

»Ich dachte, sie kann nicht mehr gut gehen?«

Papa seufzte, Mama seufzte, und für ein paar

Sekunden herrschte wieder Einigkeit in unserer Küche.

»Oma Hilde ist schon 97«, fuhr Mama fort, »und du weißt doch, irgendwann geht jeder zum lieben Gott, also in den Himmel.«

»Na, das muss erst noch bewiesen werden.«

»Andreas!«

Ich rollte mit den Augen und versuchte sie wieder auf Kurs zu bringen.

»Zieht Oma Hilde jetzt zu uns?«

Papa faltete seine Zeitung zusammen und legte sie in den Zeitungsständer neben der Bank.

»Nein, ich habe ihr ein Apartment gemietet, ganz in der Nähe, in der Mendelssohnstraße. Und deine Aufgabe wäre es, ihr jeden Dienstag etwas Gesellschaft zu leisten: mit ihr Karten spielen, ihr mal aus dem Stuhl helfen, was zum Trinken anbieten. Ansonsten kümmert sich Agathe um sie, aber dienstagnachmittags hat sie keine Zeit, da hat sie ihren polnischen Literaturkreis, den braucht sie, sonst bekommt sie Heimweh. Könntest du das tun, Lulu? Du bekommst jedes Mal vier Euro.«

Mama stellte mir Milch und Müsli vor die Nase und eine Schüssel mit Löffel.

»Dienstags muss Lulu für das Weihnachtskonzert üben, gemeinsam mit den anderen Mädchen. Jeder andere Tag ist okay, aber nicht der Dienstag.«

15

»Ich kann es nicht ändern, Katrin. Agathe möchte unbedingt den Dienstagnachmittag freihaben. Das war ihre Bedingung. Und ich bin froh, dass ich überhaupt so eine gut ausgebildete Krankenpflegerin gefunden habe, die sind nämlich verdammt schwer zu bekommen. Also, was ist, Lulu?«

Ich ließ Haferflocken, Rosinen und Schokopops in meine Schüssel rieseln. Ich stellte mir eine alte Frau in einem düsteren Apartment vor. Ich kannte sie nicht. Ich kannte überhaupt niemanden, der so alt war. War sie verschrumpelt wie ein Apfel, den man zu lange in der Sonne liegen gelassen hatte? Womöglich hatte sie eine Warze auf der Nase. Kurz musste ich an die Hexe aus Hänsel und Gretel denken. Hatten die Eltern ihre Kinder nicht zu einer Hexe in den Wald geschickt, um sie loszuwerden? Aber nein, das war zum Glück ganz anders gewesen, Hänsel und Gretel hatten sich verlaufen oder so. Außerdem waren vier Euro ein prima Geschäft, besonders wenn man dafür nur ein wenig Karten spielen musste. Und zu Flöte brauchte ich auch nicht mehr, klang also eindeutig nach Hauptgewinn.

»Ich mach es, und Flöte üben kann ich auch alleine. Aber ich will fünf Euro.«

»Ich finde das nicht richtig«, sagte Mama.

»Abgemacht«, sagte Papa.

»Mehr Apfel«, rief Ben.

»Den kann Lulu jetzt schälen«, sagte Mama. Keine Frage, sie war auch ein wenig sauer auf mich. Aber heute, an diesem wunderbaren Morgen, störte mich das wenig. Ich dachte nur, ich sollte wirklich öfters mal beten.

Zweites Kapitel,
in dem ich mich von meinen Freundinnen beraten lasse

Man weiß nie, warum sich plötzlich ein Wunsch in einem einnistet. Dabei spreche ich nicht von einem Wunsch, wie eine Eins im Vokabeltest oder Pfannkuchen mit Schokocreme zum Mittagessen. Nein, ich meine einen Wunsch, der sich einem plötzlich in den Kopf klickt wie ein Puzzlestück und millimetergenau passt. »Klack«, da sitzt er und geht nicht mehr raus.

»Nee, echt jetzt!?« Meine Freundin Belinda vergaß vor Staunen zu kauen. Sie hatte sich den Schokoriegel in einem Stück in den Mund geschoben. Jetzt lag er quer auf ihren Zähnen und beulte Dellen in ihre Wangen. Das ließ sie wie ein Hammerhai aussehen. Eben hatte ich von meinem neuen Job erzählt. Wir hatten die erste große Pause. Neben Belinda und mir stand noch Marlies auf der Treppe zur Turn-halle. In den Pausen hielten wir uns gerne hier auf, weil man von der obersten Stufe aus den gesamten Schulhof im Blick hatte. Nieselregen wehte uns ins Gesicht, der November hatte es auf einmal eilig gehabt. Ich zog meine Kapuze weiter über die Ohren und zurrte die Bändchen fest.

»Ich frage mich nur, was man mit einer so alten Frau einen ganzen Nachmittag lang anstellen kann?«

Belinda zerbiss die Schokostange in ihrem Mund, dass es krachte.

»Oh, mit Omas kenne ich mich aus.«

Das hatte ich gehofft, schließlich hatte sie eine Oma, die nur drei Häuser weiter wohnte.

»Also, Omas gucken wahnsinnig gerne fern. Am liebsten Verkaufssendungen, wo man Ringe, Fensterreiniger und Gemüseschneider kaufen kann. Dabei kann man mit ihnen Süßigkeiten essen, denn ihre Schränke sind voll davon. Und Omas verlieren ständig ihre Brille. Du könntest ihr also beim Suchen helfen.«

»Machen Ur-Omas so etwas auch alles?«, fragte ich.

»Alt ist alt«, sagte Belinda. »Und vielleicht hast du Glück, und sie hat einen Rollstuhl. Damit kannst du dann herumkurven. Zu uns in den Kindergarten kam früher immer donnerstags eine Vorlese-Oma, aber nicht in einem Rollstuhl, sondern in einem schicken Cabrio. Also Omas lesen auch gerne vor. Du könntest dir was vorlesen lassen.«

»Ja, zum Beispiel das Buch, das du demnächst im Deutschunterricht vorstellen musst«, sagte Marlies.

Sie schob ihre Hand in die Hosentasche und beförderte einen Stapel Karteikarten zutage. Ich brauchte nicht hinzuschauen, um zu wissen, dass sie auf beiden Seiten mit Wissen gefüllt waren.

»Schade, dass sie schon so alt ist«, sagte Belinda. »Dann hast du vielleicht nicht mehr so lange was davon.«

»Papa meint, sie stirbt vermutlich bald«, bestätigte ich.

Marlies zupfte an dem Gummiband, das ihre Karteikarten zusammenhielt und nickte.

»Die durchschnittliche Lebenserwartung von Frauen liegt bei 77 Jahren. Allerdings hat in Kuba mal eine Frau gelebt, die ist 127 geworden. Und mit 100 ist sie noch Fahrrad gefahren.«

Belinda pfiff durch die Zähne und schaute den Schokokrümeln nach, die zwischen ihren Lippen heraussprühten.

»Dann hättest du noch 30 Jahre Zeit, um an ihr Geld zu verdienen. Da kommt ordentlich was zusammen. Hast du schon eine Idee, was du damit anstellst?«

»Ich bin mir noch nicht sicher.«

Das war etwas geflunkert. Schließlich fragte ich mich seit Wochen, wie ich bloß das Geld dafür zusammenbekommen sollte. Aber gerade jetzt auf der zugigen Treppe mit kalten Füßen hatte ich Angst, sie würden meine Begeisterung nicht teilen und mir nur müde zunicken und etwas Langweiliges wie »ja, ganz nett« sagen. Ich wollte keinen Dämpfer auf meine Begeisterung, nein, das wollte ich nicht.

»Aber irgendeine Idee hast du schon«, bohrte sie weiter.

Ich schaute zwei Jungen aus unserer Klasse dabei zu, wie sie sich gegenseitig nasse gelbe Blätter in den Kragen steckten, und gab ein »Nö« von mir. Schmollend schob Belinda die Lippe vor. Sie war der Meinung, dass sich Freundinnen immer und ohne Ausnahme die geheimsten Dinge verraten mussten. Ihr wäre es am liebsten, unsere Schädeldecken würden aus Glasbausteinen bestehen. Marlies schaute zur Uhr über dem Eingang.

»Kommt, ich frage euch schnell noch Physik ab. In sieben Minuten schreiben wir die Arbeit.«

Sie schob ihre Brille auf der Nase ein Stückchen aufwärts. »Also, was passiert mit einem Wasserstrahl, wenn ...«

Da platzte Belinda dazwischen: »Ich habe übrigens auch ein Geheimnis.«

Marlies seufzte, und ich fragte: »Was denn für eins?«

»Verrate ich dir nicht.«

Ich zuckte mit den Schultern. »Na gut!«

Hatte ich mir ja auch gleich gedacht, dass es nur die Rache für meine Verschwiegenheit war. Marlies seufzte.

»Also, was macht der Wasserstrahl, wenn man einen Ballon, den man vorher …

»Melli bekommt Babys«, platzte Belinda heraus.

Melli war Belindas verrücktes Meerschwein. Verrückt deshalb, weil sie jedes Mal wie eine Verrückte Kreise in ihre Sägespäne flitzte, wenn sie eine Mohrrübe erspähte. Sie hatte auch schon mal einen grünen Filzstift für eine Mohrrübe gehalten, was bedeutet, dass sie nicht nur farbenblind, sondern auch noch weitsichtig sein musste.

»Klingt toll«, sagte ich und stellte mir eine Herde quiekender Meerschweinchen vor, die ohne Pause Kreise rannten.

»Wenn ihr wollt, könnt ihr eins haben.«

»Nein, danke«, sagte ich.

»Wieso? Magst du Melli nicht?!«

Oh, da war ich schon wieder in ein Fettnäpfchen getreten, aber Marlies rettete mich.

»Woher weißt du, dass sie Babys bekommt?«, fragte sie. »Warst du mit ihr beim Arzt?«

»Nö, aber das weiß ich einfach. Ihr Bauch ist ganz rund und prall, richtig aufgebläht wie ein Ballon, und sie liegt nur noch in der Ecke. Genauso ist das, bevor Meerschweinchen Junge bekommen. Das habe ich mal gelesen. In Hexe Willburga. Kennt ihr das? Hexe Willburga dachte erst, ihr Meerschweinchen Rübe sei krank, aber dabei hatte es den Bauch voller kleiner Babys.«

»Hatte sie denn Sex?«, fragte ich.

»Wie bitte?«

»Na, Melli, Sex, du weißt schon, das …«

»He!« Marlies zupfte uns ungeduldig am Ärmel »Kommt jetzt. Biologie machen wir später. Jetzt ist Physik dran.«

Drittes Kapitel,
in dem ich so was wie eine Geschäftsfrau werde

Ich konnte es kaum glauben! Ich starrte stumm das Ding an, das Mama für mich auf den Küchentisch gelegt hatte. Ich traute mich nicht, es zu berühren, aus Angst es könnte sich in Luft auflösen – wie eine Fata Morgana in der Wüste. Zwei Jahre hatte ich dafür gekämpft – mal mit Worten, mal mit Tränen. Und jetzt bekam ich es einfach so. Mit einem »hier«, als würde meine Mutter mir bloß mein Pausenbrot auf den Tisch legen.

»Was ist?«, fragte Mama.

Und als ich nicht antwortete, sondern nur einmal schluckte, erklärte sie: »Es ist besser, wenn du ein Handy hast. Falls du mit Oma Hilde nicht weiterweißt. Wenn du plötzlich Fragen hast. Oder sonst was passiert.«

Ich nickte abermals.

»Los, steck es ein, bevor ich es mir noch anders überlege.«

In null Komma nix steckte ich es ein. Es brannte in meiner Hosentasche.

»Ich habe dir meine Nummern eingespeichert. Unter ›Mama Fest‹ und ›Mama Mobil‹. Auch die von Papa. Und unter ›Stresemann‹ findest du Oma Hildes. Und jetzt komm endlich. Sonst bist du gleich das erste Mal zu spät.«

Kurz darauf saßen wir im Auto. Es war Dienstag und mein erster Arbeitstag. Ich trug eine frische Bluse und einen Scheitel. Ich wollte einen guten Eindruck machen. In meinem Bauch, Höhe Bauchnabel, hatte ich ein Flattern. Ich versuchte, tief und gleichmäßig zu atmen, wie Marlies es mir erklärt hatte, wenn ich Bammel vor einer Klassenarbeit hatte. Ich tastete nach meinem nagelneuen Handy in der Tasche. Es fühlte sich supergut an, kühl und glatt. Jetzt konnte ich meinen Freundinnen jederzeit eine Nachricht senden. Ich klappte es auf und tippte auf Menü.

»He, spiel nicht die ganze Zeit auf deinem Handy herum.«

Ich begegnete Mamas Blick im Rückspiegel. »Ich sage dir gleich, wenn ich merke, dass du handysüchtig wirst oder wenn deine Finger Hornhaut bekommen, weil du ständig darauf herumtippst, kommt das Ding wieder weg! Verstanden?«

»Verstanden.«

Also guckte ich aus dem Fenster und sah, dass wir in der Gegend mit den großen Häusern angekommen waren. Sie hatten die Farbe von Herbstlaub, das zu lange auf der feuchten Straße gelegen hatte. Unzählige Fenster reihten sich die Häuserwände empor.

»15b, da ist es.«

Es krachte im Getriebe, als Mama den Rückwärtsgang einlegte, um die letzte freie Parklücke zu besetzen. »Komm!«

Ich stieg aus.

»Hast du keine Mütze?«

»Wozu?«

»Ich dachte, nur falls ihr mal rausgeht.«

Ich schaute in den Himmel hinauf, der aussah, als würde er nie wieder etwas wie eine Sonne zu bieten haben. Rausgehen, bei dem Wetter, das hatte mir niemand gesagt. Außerdem hätte eine Mütze meinen schönen geraden Scheitel zerstört.

Neben der Eingangstür von 15b gab es ein Meer aus Klingelknöpfen und Briefkastenschlitzen. Ich beugte mich herunter, um die Namen auf den Schildern zu lesen. Ich tat es, um Zeit zu gewinnen. Aber Mama hatte die Tür bereits aufgeschoben.

»Lulu, komm!«

»Gleich.«

»Lulu!«

Drinnen war es ziemlich schummerig und gar nicht einladend. Eine Mischung aus Essig und Zitrone bitzelte in meiner Nase. Meine Schuhe machten quietschende Geräusche auf den langen Fluren, sie hallten von den Wänden wider. Wir bogen zweimal um eine Ecke, bevor Mama vor einer grauen Tür stehen blieb und sich dicht vors Namensschild beugte. Aber es war zu dunkel. Sie tastete nach einem Lichtschalter, und von jetzt auf gleich war es so hell, dass ich blinzeln musste.

»Hilde Stresemann, hier steht's. Wir sind richtig.« Mama zog ihren Handschuh aus und drückte die Klingel und wartete. Nichts passierte. Ich atmete auf, Mama seufzte.

»Ist vermutlich eingeschlafen.«

»Kommen wir halt ein anderes Mal wieder«, sagte ich.

Mama versuchte es mit Sturmklingeln und lauschte erneut. Da hörten wir durch die Tür eine Stimme, leise und krächzend: »Schlüssel liegt unter der Matte.«

Mama bückte sich und fand einen kleinen Schlüssel mit einer roten Kappe. Ich hielt ihren Arm fest.

»Vielleicht ist das doch keine gute Idee.«

»Was?«

Und dann schwang die Tür von ganz alleine auf.

Vor uns stand eine große breite Frau mit Lippen, die so rot leuchteten wie das Ampellicht, an dem Mama vorhin vorbeigebraust war. Sie war alt, aber nicht so alt, wie ich sie mir vorgestellt hatte, höchstens ein paar Jahre älter als Mama. Und sie sah so aus, als könnte sie noch sehr gut selbst für sich sorgen.

»War gerade im Bad«, sagte sie. »Hallo, mein Name ist Agathe.«

Sie schüttelte erst Mama und dann mir die Hand, und ich spürte wie ihr Blick einmal an mir rauf- und wieder runterwanderte. Es war mir unangenehm.

»Und du willst dich also um alte Dame kümmern. Hoffe, ich kann mich auf dich verlassen.«

Sie schaute mir in die Augen ohne zu blinzeln, so lange, bis ich nickte. Dann nahm sie meinen Arm, um mich aus dem dunklen Flur in einen größeren helleren Raum zu bugsieren. Ein riesiger Sessel stand genau in der Mitte. Er war mit rotem Samt überzogen, und seine Armlehnen standen zu beiden Seiten ab, wie abgesägte Tragflächen eines Flugzeugs. In ihm saß aufrecht wie eine Zwergenkönigin eine sehr alte Frau. Nie zuvor hatte ich so viele Falten in einem einzigen Gesicht gesehen. Wie die Strahlen der Sonne breiteten sie sich von ihrem Mund und ihren Augen aus. Ihr Haar war stufig geschnitten, fiel ihr bis zum Kinn und hatte mehr rote Schattierungen als mein Tuschkasten. Es war so dünn, dass ihre beachtlichen Ohren daraus hervorlugten, und sie blickte mir durch die Gläser ihrer viel zu großen Brille entgegen. Das also war Oma Hilde. Zum Glück sah sie kein bisschen gefährlich aus. Mama ging mit großen Schritten auf sie zu.

»Hallo Hilde, he, wie geht es dir, hast du es dir gemütlich gemacht?«

Sie beugte sich über Oma Hilde und schüttelte ihr die Hand. »Ich hab dir Lulu mitgebracht. Meine Tochter. Lulu, komm, sag Oma Hilde ›Guten Tag‹.«

Oma Hildes Hand fühlte sich weich und zerbrechlich an. Ich drückte lieber nicht so fest zu.

Mama fischte ein Kissen vom Bett und steckte es Oma Hilde hinter den Rücken.

Agathe nahm erneut meinen Arm in den Klammergriff, um mir die Küche zu zeigen, oder was man so Küche nennen kann. Ein Wasserhahn neben zwei Kochplatten hinter einem Vorhang. Agathe tippte auf die Kühlschranktür unter einer Puppenspüle.

»Hier ist alles drin. Um siebzehn Uhr dreißig braucht Frau Stresemann Abendbrot. Aber du musst die Rinde abschneiden, sonst verschluckt sich.«

Ich drehte mich zu Oma Hilde und fragte mich, was sie wohl dachte, wenn sie Agathe so über sich reden hörte. Ben musste man auch die Rinde vom Brot schneiden, weil er noch mit dem Kauen Probleme hatte. Aber Oma Hilde hatte schließlich genügend Zeit in ihrem Leben gehabt, um das Kauen ordentlich zu lernen. Oma Hilde ließ sich auf jeden Fall nicht anmerken, wie sie darüber dachte. Sie schaute irgendwohin auf den Boden und ließ ihre Daumen umeinanderkreisen.

Agathe nahm ihren Mantel von einer Stuhllehne und zwängte sich hinein. »Und pass auf, sie darf nicht im Zug sitzen. Leg ihr einen Schal um den Hals, wenn du das Fenster aufmachst. Und wenn sie zur Toilette muss, dann musst du sie stützen bis zur Tür. Im Bad kann sie alleine.«

Ich nickte.

»Ansonsten klappt es schon. Hast Fragen?«

Ich schüttelte den Kopf.

»Na, ich bin um 18 Uhr zurück. Wird die Welt schon nicht untergehen.«

Sie verabschiedete sich von Mama.

»Oh, ich gehe gleich mit Ihnen«, sagte Mama. »Das Büro wartet.«

»Wiedersehen, Frau Stresemann«, rief Agathe über ihre Schulter.

»Tschüs, Hilde«, rief Mama.

Dann fiel die Tür ins Schloss, und es wurde sehr still.

Ich schaute Oma Hilde an. Und Oma Hilde schaute mich an.

»Tja«, sagte ich.

»Tja«, sagte Oma Hilde.

Und dann merkte ich, dass mein Kopf leer war wie eine geplatzte Wasserbombe. Keine einzige Idee war noch drin, was man mit Omas so anfangen kann. Ich setzte mich Oma Hilde gegenüber und dachte, dass der Job möglicherweise doch nicht so leicht war, wie ich ihn mir vorgestellt hatte.

Viertes Kapitel,
in dem Oma Hilde Bekanntschaft mit einem Killer macht

Über Oma Hildes Kommode hing eine Uhr. Auf dem Zifferblatt stritten sich zwei Vögelchen um einen Regenwurm. Ich saß auf meinen Händen und schaute dabei zu, wie sich der Zeiger vorwärtskämpfte und laut »tick« machte, wenn er wieder eine Sekunde geschafft hatte. Jedesmal, wenn ich von meiner einen Pobacke auf die andere rutschte, quietschte der Stuhl. Es klang, als würde ein Ferkel nach seiner Mutter rufen. Meine Bluse zwickte in meinen Achseln, ich hatte sie seit ich neun war, aber es war die einzige Bluse, die mein Kleiderschrank zu bieten hatte. Der Sekundenzeiger hatte die nächste Runde geschafft, da räusperte sich Oma Hilde, und es war die reinste Wohltat nach dieser Gruftenstille.

»Ist das nicht etwas langweilig?«, fragte sie. »Für so ein junges Mädchen mit so einer alten Frau?«

Ich schaute sie unsicher an. Konnte sie etwa Gedanken lesen?

»Na ja, ich bekomme ja auch was dafür.«

Kaum hatte ich das gesagt, biss ich mir auf die Zunge. Ich wollte die Frau, die da so bemüht aufrecht in ihrem zu großen Sessel saß, nicht verletzen. Wie musste es sein, wenn sich nur noch Menschen um einen kümmerten, weil sie Geld dafür bekamen.

»Viel?«

»Fünf Euro.«

Oma Hilde nickte und pfiff dann leise durch die Zähne.

»Dann bin ich also ein gutes Geschäft?«

»Auf jeden Fall.«

»Das beruhigt mich jetzt aber.« Oma Hilde lächelte, ich lächelte zurück, und wir lächelten uns eine Weile an, bis es mir doch zu peinlich wurde, wie ein Weihnachtsengel zu grinsen. Da schaute ich lieber ihre Schuhe an.

»Oma Hilde, die sind verkehrt herum.«

»Na, so was.«

»Soll ich sie dir richtig anziehen?«

»Nein, danke, ein wenig Abwechslung tut den Schuhen mal gut. Verrate mir lieber, was du da drin hast hast. Was zum Lesen?«

Sie zeigte auf meinen Rucksack. Meine Mutter hatte ihn für mich auf dem Stuhl abgestellt. Ich wette, das hatte sie extra gemacht. Sie hat ständig Angst, dass ich die Schule mal für ein paar Minuten vergessen könnte.

»Nur Schulsachen, für Hausaufgaben, falls du schlafen möchtest.«

»Na, wenn ich schlafe, kann ich dir ja nicht helfen.«

Helfen? Ich schaute sie überrascht an.

»Wobei?«, fragte ich.

»Na, bei den Hausaufgaben. Ja, da musst du nicht so gucken. Ich bin zwar alt, aber hier im Oberstübchen funktioniert's noch ganz gut. Habe früher schließlich selbst welche gemacht. Aber du musst mir die Aufgaben vorlesen, meine Augen sind nicht mehr so gut, besonders am Nachmittag.«

»Natürlich«, sagte ich.

Und denken tat ich »Volltreffer!«. Zwei auf einen Streich. Ich würde Oma Hilde meine Rechenaufgaben vorlesen, Oma Hilde würde sie für mich hinter ihrer faltigen Stirn ausrechnen, und ich würde die Ergebnisse nur noch in mein Rechenheft eintragen. Wenn man es genau nahm, bekam ich Geld dafür, dass jemand für mich meine Hausaufgaben erledigte. Mein Gehirn entwickelte die Sache gleich weiter. Vielleicht hatte ich soeben eine gute Geschäftsidee entdeckt. Ich könnte in ein Altersheim gehen und nach ein paar Omas Ausschau halten, die noch ganz fit im Kopf waren. Die könnte ich dann an Kinder vermitteln, die in der Schule Probleme hatten. Liebevolle Hausaufgabenbetreuung oder so. Und für die Omas hätte das auch Vorteile. Sie würden ihre Gehirnzellen trainieren. Das hatte ich mal gelesen in einem Heftchen aus der Apotheke, Gehirnjogging für alte Menschen sei der Hit!

Ich schob die Blumen auf Oma Hildes Tischchen zur Seite. Den Platz brauchte ich, um meine Schulsachen darauf auszubreiten.

»Am besten, wir fangen gleich an.«

Zum Warmrechnen suchte ich eine leichte Aufgabe aus. Ich legte den Zeigefinger auf die Zeile und las vor:

»Marius kauft einen Tintenkiller für …«

»Was kauft er? Einen Killer? So was steht in eurem Schulbuch?!«

Ich schaute Oma Hilde an, sie hatte ihre Augen vor Erstaunen aufgerissen, sie meinte ihre Frage ernst.

»Ist ja nur ein Tintenkiller«, sagte ich.

»Killer ist Killer, egal, wen er umbringt.«

»Aber der Killer bringt doch niemanden um. Er heißt nur so, weil man mit ihm die Tinte wieder löschen kann, wenn man etwas falsch geschrieben hat. Man muss nur darüberkillern, und weg ist der Fehler.«

»Ach was!«, sagte Oma Hilde.

»Komm, ich zeig es dir! Mach mal deinen Arm frei.«

»Welchen?«

»Egal.«

»Also beim Blutabnehmen wollen sie immer den rechten, an dem sind meine Venen besser.«

»Dann den rechten.«

Oma Hilde schob mit zittrigen Fingern den Ärmel ihrer Strickjacke ein Stückchen höher. Ihre Haut war gesprenkelt von braunen Flecken, die aussahen wie Schokoladenkleckse, und so fein und knittrig wie benutztes Brotpapier. Ich musste sie mit Daumen und Zeigefinger spannen, um auf ihr malen zu können. Ich malte mit meinem Füller eine große Blume.

»Du kannst hübsche Blumen malen«, stellte Oma Hilde fest.

»Danke.«

Ich nahm den Tintenkiller und killerte sie wieder weg.

»Schade«, sagte Oma Hilde. »Aber jetzt habe ich wenigstens verstanden, warum das Ding Killer heißt. Weil er killert, wenn er killert.« Oma Hilde kicherte.

»Wie?«

»Na, er kitzelt.«

»Ach so.«

Und ich dachte, dass Hausaufgaben machen mit Oma Hilde auf jeden Fall nicht schnell voranging. Es wurde Zeit, die Sache zu beschleunigen.

»Also, Marius kauft einen Tintenkiller für zwei Euro zwanzig.«

»Da kann man nichts zu sagen.« Oma Hilde nickte. »Das ist ein fairer Preis für so ein Zauberding.«

Ich überhörte ihren Kommentar.

»Und dann noch einen Radiergummi für ein Euro zehn und einen Schnellhefter für fünfzig Cent. Wie viel Rückgeld bekommt er heraus, wenn seine Mutter ihm zehn Euro mitgegeben hat? Kannst du das, Oma Hilde?«

»Selbstverständlich, bei uns waren die Aufgaben schwieriger.«

»Das kann jeder sagen.«

»Aber ja doch, ein Heft kostete schon mal eine Million Mark.«

»Eine Million Mark! Wie viel war das in Euro?«

»Hm, so ungefähr die Hälfte.«

Da hätte ich beinahe laut losgelacht, weil ich dachte, das sei ein Scherz. Fünfhunderttausend Euro für ein einziges Heft. Aber Oma Hilde guckte so ernst wie die Nachrichtensprecherin der Tagesschau, und deshalb wusste ich, dass sie es absolut

ernst meinte. Vielleicht funktionierte in ihrem Kopf
doch nicht mehr alles so gut, vielleicht hatte sie zu
wenig Gehirnjogging gemacht.

Ich neigte meinen Kopf zur Seite und betrachtete
Oma Hilde. Sie hatte jetzt ihre Augen halb geschlossen, ein feines Lächeln lag in ihren Mundwinkeln,
und ihre Nase zuckte wie bei einem Kaninchen.
Vielleicht träumte sie auch, war einfach mitten im
Gespräch weggenickt, wie es mir manchmal im Unterricht passierte.

Fünftes Kapitel,
in dem Oma Hilde von Gelddruckern erzählt

Ich wartete. Ich wartete schon eine ganze Weile. Ich drehte meinen Füller auf und wieder zu. Ich schaute zur Uhr mit den Vögelchen, noch gute eineinhalb Stunden bis es sechs war. Oma Hilde seufzte und hatte weiter schweigend die Augen geschlossen. War es wohl sehr unhöflich, sie anzutippen und wieder an meine Hausaufgaben zu erinnern? Wir mussten, mal ehrlich, etwas voranmachen, wenn das noch was werden sollte.

»Oma Hilde!« Ich zwickte sie in die Wange, aber ganz sanft! »Oma Hilde!« Da schüttelte sie kurz ihren Kopf und öffnete endlich ihre Augen und blickte mich an.

»Ah, Lulu, ja, es mag dir merkwürdig erscheinen, aber ich kann mich noch an vieles erinnern, so als wäre es gestern gewesen. Selbst wenn es schon siebzig oder auch achtzig Jahre her ist. Ich weiß zum Beispiel noch, dass Mutter das Geld für die Kohlen in der Küchenschublade versteckte, und ich erinnere mich an die Muster, die meine Schwester auf ihre Taschentücher stickte. Nur wenn du mich fragst, wo ich gerade meine Zeitschrift oder die Fernbedienung hingelegt habe, dann muss ich passen. Oder wann, um alles in der Welt, ich so alt geworden bin.«

Ich steckte die Kappe meines Füllers auf die Feder zurück.

»Du, Oma Hilde, die Fernbedienung liegt übrigens auf dem Nachtschränkchen neben deinem Bett.«

Da Oma Hilde mit ihren alten Knochen natürlich nicht einfach aus ihrem Sessel aufspringen konnte, holte ich die Fernbedienung für sie und platzierte sie so auf ihrem Schoß, dass sie den Fernseher mit nur einer einzigen Daumenbewegung anknipsen konnte. Oma Hilde warf kurz einen Blick darauf und legte sie ohne Kommentar auf den kleinen Beistelltisch neben eine Schale Obst.

»Oh, einen Fernseher gab es bei uns damals noch nicht. Wir haben Mühle gespielt oder Dame, manchmal auch ›Mensch ärgere Dich nicht‹.«

Ich seufzte innerlich. Es war klar, dass ich nicht nur meine Hausaufgaben vergessen konnte, sondern auch das Fernsehen mit ihr.

»Wir hatten Glück damals, wir lebten in einer großen Wohnung, drei Zimmer, zweiter Stock, mit Blumen vor den Fenstern, genau gegenüber einer großen Fabrik.«

»Klingt doch nett.«

Ich schlüpfte aus meinen Schuhen und legte meine Füße neben ihre Füße auf den Hocker. Wir hatten die gleiche Schuhgröße.

»Und wenn wir die Gardinen zur Seite schoben, konnten wir durch die großen Fenster sehen, wie die Maschinen gegenüber Geld druckten.«

Ich setzte mich auf. »Geld druckten!? Wie, echt jetzt?« Plötzlich war ich hellwach. »Bei euch gegenüber gab es Maschinen, die Geld drucken konnten?!«

»Ja, aber mein Vater war gar nicht begeistert davon. Ständig schimpfte er: ›Da verbrennen sie unser ganzes Geld.‹«

»Wie, was denn nun, verbrennen oder drucken?«

»In jenem Sommer ratterten die Gelddruckmaschinen ohne Pause. Unaufhörlich druckten sie neues Geld. Und weil es bald so viel davon gab, wurde alles von Minute zu Minute teurer. Sie nannten es die ›Große Inflation‹.«

»Alles wurde teurer, weil Geld gedruckt wurde? Aber doch nicht eine Million für ein einfaches Schulheft? Für eine Million könnte man sich ein

Haus kaufen, mit allem Schnickschnack, sogar mit Swimmingpool.«

»Natürlich nicht gleich!«, antwortete Oma Hilde. »Aber später schon. Ein Brot kostete gerade noch 5000 Mark, aber ein paar Monate danach musste man, um ein Brot zu kaufen, einen Koffer mit 160 Milliarden Mark dabei haben. Und fünf Tage später hatte sich der Preis mehr als verdoppelt, 400 Milliarden Mark für ein Brot, und es brauchte eine Schubkarre, um das Geld zum Bäcker zu transportieren. Geldscheine wehten herunter. Wir sammelten sie auf und benutzten sie als Klopapier. O ja, ein Haufen Eine-Million-Mark-Scheine war immer noch billiger als eine Rolle Klopapier.« Oma Hilde kicherte. »Aber ein wenig unkomfortabler war das schon. Es hat etwas gekratzt.«

Sich mit einer Million Mark den Po abwischen? Ja, wie verrückt war das denn? Vielleicht war Oma Hilde aber einfach nur nicht gut mit Zahlen, hatte eine Rechenschwäche? Doch sie konnte schöne Geschichten erzählen, das musste man ihr lassen.

Oma Hilde ließ ihre Füße einmal kreisen, dass ihre Gelenke knackten. »So, jetzt muss ich mich ausruhen.«

Dann, im nächsten Augenblick und bevor ich »Tu das« sagen konnte, waren ihre Augen zugeklappt. So schnell konnte das sonst nur noch Dream-Baby, meine alte Puppe, wenn man sie auf den Rücken legte. Dieses Mal ließ ich es bleiben, Oma Hilde in die Wange zu zwicken, denn sie sah aus, als würde sie die Ruhe wirklich brauchen. Dafür holte ich ihr die Decke vom Bett und breitete sie über ihr aus. So, und jetzt? Das Beste war wohl, meine Hausaufgaben hinter mich zu bringen. Ich seufzte, strich meine Seite im Mathebuch glatt und kaute auf dem Füllerende herum. Aber weiter kam ich nicht, denn immer, wenn ich kurz vor der Lösung stand, trompetete mir Oma Hilde von hinten in die Ohren. Echt, Oma Hilde schnarchte, als hätte sie ein Wildschwein verschluckt. Da purzelte jedes Mal alles, was ich errechnet hatte, wieder aus meinem Gehirn heraus. Es war so zwecklos, dass ich mir die Fernbedienung vom Tisch nahm und den Fernseher anknipste. Ich stellte ihn so laut, dass er Oma Hildes Geschnorchel übertönte. Ein Mädchen stritt sich mit ihrer Mutter, weil sie sich keine neun Ohrlöcher stechen lassen durfte. Die Sendung war wirklich spannend und nahm mich vollkommen gefangen. Die Welt des kleinen Apartments um mich herum, das Brummen des Kühlschranks, selbst das Geschnarche verschwammen zu einem Nebelbrei, während ich gedanklich mehr und mehr auf das Sofa zwischen Mädchen und Mutter rutschte. Ich hatte keine Ahnung, wie viel Zeit vergangen war, als sich plötzlich von rechts ein Schatten in das Bild schob. Auf jeden Fall hatte ich da schon alles vergessen, wo ich war, Oma Hilde und natürlich auch Agathe. Ich erschrak fürchterlich und wehrte mich nicht, als mir Agathe die Fernbedienung aus der Hand nahm. Mit einem Knopfdruck löschte sie das Bild hinter sich. Ihre Augenbrauen waren in der Stirnmitte wie eine Speerspitze zusammengeschoben.

»Was ist hier los?«, fragte sie.

»Ich, also …«

Aber sie ließ mir keine Zeit, zu Ende zu stottern. Sie stellte gleich die nächste Frage.

»Wie soll Frau Stresemann schlafen bei diesem Lärm?«

»Eh.«

»Und …« Sie wendete sich zur Küche. »Wieso hat Frau Stresemann noch nicht gegessen, obwohl es Abendbrotzeit ist?«

»Und was soll die Bettdecke hier? Für so was gibt es eine schöne Tagesdecke.« Mit ihrem Finger zeigte sie auf die Decke, in die ich meine Füße gekuschelt hatte.

Ich schwieg, denn mir fiel nichts ein, was ich zu meiner Verteidigung hätte beitragen können. Ich fühlte mich klein und dumm wie ein Regenwurm ohne Gehirn. Agathe zog mit einem Ruck die Decke von meinen Füßen, und am liebsten hätte ich sie mir zurückgeschnappt und über den Kopf gezogen. Was hatte ich mir dabei gedacht, zu wenig offensichtlich. Agathe machte ein Geschirrtuch unter dem Wasserhahn feucht, weckte Oma Hilde und kühlte ihr die Augen. Dabei schimpfte sie ununterbrochen vor sich hin. Auch noch, während sie die Rinde von einer Scheibe Brot abschnitt, so, als würde sie eine komplizierte Operation durchführen. Oma Hilde zwinkerte mir zu, ihre Lippen formten lautlos ein Wort, dass nach »Drache« aussah. Auch das konnte mich nicht aufheitern. Ich überstand die nächste Viertelstunde, indem ich auf meinen Lippen kaute und Löcher in den Fußboden starrte.

Endlich kam Mama, um mich zu erlösen. Sie war noch nicht ganz im Zimmer, da fragte Agathe sie schon: »Hast du nicht noch eine andere Tochter, ein größeres Mädchen?«

»Wieso?«, fragte Mama.

Und ich verabschiedete mich schnell und wartete lieber draußen. Ich wollte mir Agathes Gemecker schließlich kein zweites Mal anhören.

Sechstes Kapitel,
in dem das Sonderangebot im Rucksack liegt

In Mama brodelte es. Sie ließ die Scheibenwischer auf Turbo laufen, dabei nieselte es nur. Sie bremste scharf und nannte den Fahrer vor uns »Rindvieh«, weil er stoppte, obwohl die Ampel noch »fast grün« zeigte.

»Du musst das schon ernst nehmen, Lulu. Das ist eine große Verantwortung. 97, werde du mal so alt.«

Draußen war es dunkel. Die Lichter der Autos, Laternen und Geschäfte zogen vorüber, vom Regen seltsam verzerrt. Verrückt, 97. Da lebte sie ja schon doppelt so lange wie ich, und dann noch mal doppelt und … Egal. Ob ich mit 97 auch den ganzen Tag im Sessel hocken und beim Erzählen wegnicken würde?

»Du hast sie fast verhungern lassen, hat Agathe gesagt. Und was zu trinken hast du ihr auch nicht gegeben.«

»Agathe ist ein Drache. Sie behandelt Oma Hilde wie ein Baby.«

»Papa ist froh, dass wir sie haben.«

»Außerdem, seit wann können halb Verhungerte grunzen wie Wildschweine?«

»Wie bitte?«

»Na, schnarchen!«

»Ah!«

Mama lenkte scharf nach rechts und parkte ein, mit einem Reifen auf dem Bordstein.

»Hast du wenigstens deine Hausaufgaben gemacht?«

»Fast.«

Mama stöhnte. »Ich muss mit Papa reden. Aber jetzt muss ich zum Friseur, habe gerade noch einen Termin bekommen. Kannst du von hier aus nach Hause laufen?«

»Klar. Aber Mama, ich kriege das hin, hörst du, versprochen!«

»Ich würde dir ja meinen Schirm geben, aber den brauche ich, wenn ich nachher vom Friseur komme, sonst ist alles wieder hin.«

»Kein Problem.«

»Lulu, ich muss weiter, okay?«

Der Regen hatte sich nun fürs Trommeln entschieden. Draußen schwebten Regenschirme vorüber. Ich öffnete die Tür.

»Wir haben uns super verstanden, Oma Hilde und ich. Sie kann total interessante Geschichten erzählen, von früher. Da lerne ich auch was. Mehr als bei den Hausaufgaben.«

Kurz darauf stand ich neben einer großen Pfütze und schaute unserem Auto nach, wie es vom Bordstein ruckelte und sich in den Feierabendverkehr einreihte. Hoffentlich hatte ich Mama milde stimmen können, und hoffentlich versaute mir der Friseur nicht wieder alles. Mamas Laune hing stark davon ab, wie glücklich sie gerade mit ihren Haare war. Ich drehte mich um und stapfte auf dem feuchten Pflaster der Alleestraße Richtung Stadtmitte weiter. Ich hatte etwas entdeckt, da wollte ich hin. Der blinkende Sportschuh von Sportfit leuchtete mir entgegen.

Zwei Straßenkreuzungen später stand ich vor dem hellen Viereck des Schaufensters. Wo waren sie? Der Regen lief mir in den Kragen und den Nacken hinunter. Sie mussten doch noch da sein. Ganz sicher waren sie unten im Verkaufsraum, das Schaufenster war nur umdekoriert worden. Ich zwängte mich an einer Frau mit Kinderwagen vorbei in den Eingang. Mit der Rolltreppe fuhr ich ins Untergeschoss. Ich hielt Ausschau nach einem Verkäufer. Zwischen den Sporttrikots entdeckte ich einen, er trug ein Namensschild um den Hals, auf dem ich lesen konnte, dass er Herr Säuselmann hieß.

»Entschuldigung, sind die Inliner noch da?«

Herr Säuselmann zupfte seinen Ärmelrand über das Handgelenk.

»Die Auslaufmodelle vom Vorjahr? Die gingen weg wie nichts. Aber wir bekommen noch vor Weihnachten die aktuellen Modelle rein. In den Trendfarben Orange-Pink, Abec 7, Rollen im Neon-Look, die leuchten sogar im Dunkeln, mit Kufen zum Auswechseln, kannst du also auch mit Schlittschuh laufen, ganz was Schickes, kosten allerdings das Doppelte.«

Das Doppelte, das waren mindestens 120 Euro. Wie viele Wochen musste ich Oma Hilde dafür die Rinde vom Brot abschneiden. Ob sie das überlebte? Mit 97 wusste man schließlich nie.

»Du kannst sie dir ja zu Weihnachten wünschen«, sagte Herr Säuselmann.

»Nee, die muss ich mir schon selber kaufen. Mein Vater ist Orthopäde.«

»Verstehe«, sagte der Verkäufer. Dabei sah ich ihm an, dass er rein gar nichts verstand. Aber ich verzichtete auf eine Erklärung. Ich wollte nicht, dass er dachte, ich käme aus einer Familie Verrückter. Papa behauptet nämlich, dass es genauso gefährlich sei, sich Inliner anzuschnallen, wie sich aus dem

Fenster von Bens Zimmer im oberen Stock zu stürzen. Papa hatte mir das sogar vorgerechnet. Die Geschwindigkeit, die ich mit Inlinern auf der steilen Straße vor unserer Haustür erreichen würde, entspräche dem Tempo, auf das ich es beim freien Fall aus Bens Zimmerfenster bringen würde.

»Haben Sie wirklich keine, die wenigstens ein kleines bisschen billiger sind?«

Herr Säuselmann blickte seufzend auf meine durchweichten Chucks. »Welche Schuhgröße hast du denn? 38 würde ich sagen.«

Er nickte kurz, dann setzte er sich in Bewegung, umsteuerte Regenjacken und Knieschoner und verschwand durch eine Tür. Als er zwischen den Ständern wieder auftauchte, hielt er einen großen Karton in der Hand.

»Da hast du wirklich großes Glück, Fräulein. Sie sind vielleicht etwas groß, aber da wächst du rein. Am besten, du nimmst sie sofort mit, das ist das letzte Paar. Soll ich sie dir einpacken, oder willst du sie vorher ausprobieren?«

»Ausprobieren?«

»Ja, da vorne kannst du immer um den Stapel Kisten rum. Siehst du die rote Bahn? Die hat Sportfit extra für diesen Zweck angelegt.«

Mann o Mann, war Sportfit ein toller Laden!

Herr Säuselmann half mir mit einem Schuhlöffel hinein. Die Inliner waren silbergrau mit türkisen Streifen und Rollen. Sie rochen neu und schnell!

»Ich muss jetzt einem Kunden dort drüben helfen, kommst du zurecht?«

Ich nickte. Jetzt wollte ich nur noch alleine sein mit meinen Inlinern. Meine Füße kribbelten, als wäre ich barfuß durch Brennnesseln gelaufen. Es war unmöglich, sie eine Sekunde länger still zu halten. Ich schob den rechten Fuß nach vorne und den linken. Ich rollte. Noch einmal. Ich verlor fast das Gleichgewicht, ruderte mit den Armen. Auch nicht schwieriger als Roller fahren. Ich umkreiste den Kartonberg – im Schneckentempo. Die zweite Runde ging schneller und eine dritte, da konnte ich den Fahrtwind in meiner Bluse spüren. Das war der Augenblick, in dem ich sehr doll an Rusty denken musste.

Ich habe mir ja Inliner gewünscht, seit ich Starlight-Express gesehen habe. Das ist ein Musical, in dem es um ein Rennen zwischen Lokomotiven geht. Natürlich haben sie keine echten Lokomotiven auf die Bühne geschafft, sondern Schauspieler, die sich als Lokomotiven verkleidet haben, mit jeder Menge Glitzer und Blech. Und jetzt kommt's: Die sausen auf Inlinern über die Bühne, und das sieht aus, als könnten sie abheben und fliegen, so, als gäbe es

keine Schwerkraft mehr. Besonders angetan hatte
es mir dieser Rusty, der spielte die kleine Lokomo-
tive und war der Coolste von allen. Und manchmal,
wenn ich nachts im Bett lag, hatte ich mir vorgestellt, dass ich es war, die mit Rusty so über die
Bühne wirbelte. Das kam mir zwar schon albern vor,
aber genau daran, an Rusty und mich, musste ich
denken, als ich das achte oder neunte Mal um die
Kartons glitt. Die Schuhe, Jogginghosen, Trink-
flaschen, der Verkäufer zogen an mir vorbei. Ich
versuchte zu beschleunigen, das klappte prima. Da
hoben meine Rollen plötzlich ab, ich drehte mich,
schwebte und landete in dem Stapel aus Schuhkartons. Es tat gar nicht weh, aber es machte einen
Mordslärm. Als ich die Augen wieder öffnete, stand
das Gesicht von Herrn Säuselmann über mir, düster
wie eine Gewitterwolke.

»Ich nehme sie«, sagte ich. Sein Gesicht hellte
sich augenblicklich auf.

Kurze Zeit später winkte er mir nach, als ich mit
meinem Karton auf dem Arm die Rolltreppe nach
oben schwebte.

»Entschuldigung noch einmal für die Unord-
nung«, rief ich.

»Mach dir keine Sorgen. Das räumen die Azubis
alles wieder auf.«

Das Preisschild leuchtete mir entgegen – 79 Euro, trotz Auslaufmodell. Ich rechnete den Inhalt meines Sparschweins mit meinem Lohn von heute zusammen, nagte auf meiner Unterlippe, es war hoffnungslos. Dann war ich oben angekommen. Die Kasse war frei, es gab keine Schlange, die Kassiererin wischte im Regal Staub. Noch hatte sie mich nicht entdeckt. Ich blieb stehen und drückte den Karton an meine Brust. Es waren meine Inliner, solche Inliner fand man nicht jeden Tag. Ich musste mir etwas einfallen lassen und machte einen Schlenker links an der Kasse vorbei. Ich drehte eine Runde um einen Ständer Yogahosen herum und sah die Rucksäcke. In allen Farben hingen sie an den Wandhaken, nach Farbe und Größe sortiert. Ich schlenderte einmal die Reihe entlang und wieder zurück. Schließlich entschied ich mich für ein Modell, das 379 Euro kostete. Wer gab schon so viel für einen Rucksack aus? Ich blickte mich nach rechts um und schaute nach links. Niemand war zu sehen. Hastig fummelte ich an den Schnallen und ließ den Karton hineingleiten. Dann hängte ich den Rucksack mit meinen Inlinern zurück an den Haken, aber dieses Mal ganz nach hinten. Jetzt musste man erst zwei andere herunterziehen, um diesen wegnehmen zu können. Meine Inliner waren in Sicherheit. Hier würden sie auf mich warten, bis ich das Geld für sie zusammen hatte. Ich steckte meine Hände in die Taschen und schlenderte zur Tür hinaus. Jetzt würde mir niemand mehr meine Inliner vor der Nase wegkaufen!

Als ich nach Hause kam, wummerten mir die Bässe aus Papas Stereoanlage entgegen. Da wusste ich, dass unser Babysitter Arthur bereits mit Ben im Wohnzimmer saß. Meine Eltern waren also schon bei ihrem Essen mit den Rosenbaums. Das war schade, hatte ich mir doch auf dem Rückweg überlegt, dass ich dringend mit ihnen reden musste. Nun würde ich es halt auf morgen verschieben. Ich winkte Ben und unserem Babysitter kurz zu und sagte, ich sei müde. Auf dem Weg nach oben angelte ich mir eine Packung Knäckebrot. Was Besseres hatte unser Vorratsschrank nicht zu bieten.

Siebtes Kapitel,
in dem Belinda Schwarz trägt

Den ganzen Vormittag dachte ich darüber nach, wie ich das Gespräch mit meinen Eltern angehen sollte. Deswegen bekam ich vom Unterricht auch nicht viel mit. Ich weiß nur, dass wir Mathe und Deutsch hatten und wir in Bio Bausätze bekamen, um, immer zu zweit, ein Vogelskelett zu bauen. Als mich der Schlussgong der letzten Stunde von meiner Qual erlöste und ich endlich in unsere Straße einbog, sah ich gleich, dass beide Autos in unserer Einfahrt standen. Es war Mittwoch, und das war günstig, denn am Mittwochnachmittag hat Papa die Praxis immer geschlossen. In der Küche musste ich über drei Zebras steigen, einen Tyrannosaurus Rex und meinen kleinen Bruder Ben, um zu meiner Mutter zu gelangen. Sie saß mit einer Tasse Kaffee am Tisch und hypnotisierte den Bildschirm ihres Laptops.

»Du, ich habe mir überlegt …«

Mama hob ihre Hand wie der Schülerlotse vor dem Zebrastreifen.

»Schätzchen, erzähl mir alles später beim Abendbrot. Ich habe einen Gedanken, sonst ist er weg. Und Morgen ist der Gerichtstermin.«

»Wo ist denn Papa?«

»Im Keller, Orangensaft holen.« Mama warf einen Blick auf die Uhr. »Schon seit einer Stunde.«

In unserem Keller sah es so ordentlich aus wie in einem Baumarkt. In den Regalen reihten sich Kästen und Schubladen, nach Größe und Farbe sortiert und mit Aufklebern versehen, damit man auch wusste, wo man was finden konnte und wohin man es wieder zurücklegen musste. Es gab ein Fach nur für Glühbirnen jeder Wattzahl, für Toilettenpapier, für Koffer, Rucksäcke, Schrauben, Schlafsäcke, Konserven, Müsli und jeden anderen Krimskrams. Diese Ordnung ständig zu verbessern und zu hüten war eine von Papas Lebensaufgaben. Wenigstens behauptete das Mama. Ich fand Papa mit einem Farbtopf in jeder Hand und einer Rolle Malerfolie unter das Kinn geklemmt.

»Ich dachte, du wolltest Orangensaft holen.«

»Genau«, sagte Papa. »Aber da hatte ich einen guten Einfall. Ich deponiere die Saftflaschen lieber gleich hier rechts am Eingang. Und die Farben kommen ins Regal dort hinten. Das ist frei geworden, weil wir doch eure alten Spielsachen verschenkt haben.«

Papa sah sehr zufrieden aus. Also war es ein guter Moment für mich, um meinen Wunsch an den Mann zu bringen.

»Toll«, sagte ich. »Einfach toll, und weißt du, was noch eine tolle Idee wäre, wenn ich mich ab sofort zweimal in der Woche um Oma Hilde kümmern würde. Dann hätte Agathe auch zweimal die Woche Zeit für ihren polnischen Kreis, das würde ihr sicher gefallen.«

Papa stellte die Farbtöpfe nebeneinander ins Regal und schaute unschlüssig die Malerfolie an.

»Mama hat gesagt, Agathe hätte sich beschwert, dass du dich nicht ordentlich gekümmert hast.«

Das hatte ich befürchtet, natürlich hatte ich mir eine Antwort zurechtgelegt.

»Agathe war doch gar nicht dabei. Woher will sie das bitte schön wissen? Da musst du auch Oma Hilde fragen, hast du das?«

Das hatte Papa natürlich nicht.

»Siehst du, Oma Hilde und ich haben uns super verstanden. Und sie ist durchaus fit genug, um zu sagen, wenn sie kurz vor dem Verhungern steht. Außerdem könnte sie sich im Notfall auch selbst ein

Brot schmieren, glaube mir. Aber wenn Agathe sie weiterhin wie ein Baby behandelt, kann sie das bald nicht mehr. Das ist wie mit Ben, wenn man dem alles hinterherträgt, dann tut er auch so, als könnte er nicht alleine seinen Schnuller aufheben.«

»Hm«, machte Papa.

»Und die kann vielleicht erzählen. Da lerne ich auch was über früher. Ist bestimmt gut, wenn ich nächstes Jahr Geschichte kriege. Na, was hältst du davon? Donnerstags könnte ich gut.«

Papa nickte, er legte die Malerfolie neben die Farbtöpfe, so dass sie im rechten Winkel zur Regalkante lag.

»Donnerstags, da hat mich Agathe sowieso gefragt, ob sie freihaben könnte. Sie möchte zu Rückenfit.«

»Siehst du, und ich koste dich viel weniger. Kinderarbeit ist immer günstiger.«

»Ich will aber auch, dass es mit der Schule klappt. Hast du die Flüsse und Städte gelernt, die du neulich aufgemalt hast?«

Hatte ich natürlich nicht.

»Du kannst sie mich heute Abend abfragen«, sagte ich.

»Heute Nachmittag! Und danach entscheiden wir. Aber sieh auch zu, dass du mit Agathe klarkommst.«

»Versprochen. Und ich kann den Orangensaft mit nach oben nehmen.«

»Na, dann«, sagte Papa.

Und somit war es also abgemacht, und ich dachte, dass ich echt eine gute Geschäftsfrau war und dass aus mir vielleicht doch etwas werden würde, selbst, wenn ich keinen Nachhilfelehrer hatte wie Belinda oder so ein tolles Gehirn wie Marlies. Aber jetzt musste ich schnell in mein Zimmer, um die Namen aller Städte und Flüsse in meinen Kopf zu bekommen. Das würde dauern, ich hatte immer Schwierigkeiten, mir so einen Kleinkram zu merken.

Ich kam mit dem Orangensaft nicht bis in die Küche. Denn als ich an der Haustür vorbeiflitzte, sah ich durch die Scheibe, dass draußen jemand stand. Dunkel, ungefähr meine Größe, mit einem Schal um den Hals. Es klopfte, und ein Gesicht drückte sich gegen das Glas. Ich erkannte Belinda. Ich stellte die Flaschen auf der untersten Treppenstufe ab und öffnete ihr. Meine Freundin sah verändert aus. Normalerweise liebte Belinda Pastelltöne: rosa Bluse, hellgelbe Haarschleife, himmelblaue Schnürsenkel und so. Aber jetzt schien sie sich plötzlich für Schwarz zu begeistern: schwarzer Schal, schwarzes Kleid mit schwarzen Knöpfen, schwarze Strumpfhose mit Lochmuster. Sogar ihre Schuhe waren schwarz. Viel zu groß, vermutlich gehörten sie ihrer Mutter. Und sie hatte mir etwas mitgebracht. Ohne die Miene zu verziehen oder »Hallo« zu sagen, hielt sie es mir entgegen. Es war in orangefarbenes Seidenpapier eingeschlagen und sah aus wie ein Geschenk.

Und in meinem Kopf ratterte es. Hatte ich etwas Wichtiges vergessen? Mein Geburtstag konnte es nicht sein. Hatten wir uns genau heute vor X Jahren an irgendeinem Klettergerüst im Park kennengelernt?

»Nun nimm schon!«, sagte Belinda. Sie presste ihre Lippen zusammen. O ja, ich hatte etwas Wichtiges vergessen. Nur was?

Sollte ich schnell nach oben rennen und schauen, ob ich auch ein Geschenk für sie fand.

»Nun mach schon!«

Also öffnete ich das Päckchen. Das Papier knisterte, es war ganz fein, merkwürdigerweise hörte ich mein Herz klopfen. Das, was ich durch das dünne Papier erfühlte, war kühl und weich und steif zugleich. Etwas Haariges kam zum Vorschein, das die Form einer Bratwurst hatte, mit Augen, die mich schielend anschauten. Es war Melli, Belindas verrücktes Meerschweinchen, und sie war eindeutig tot. Ich selber fiel vor Schreck auch beinahe tot um, doch ich nahm mich zusammen. Zwei Tote an einem Tag konnte ich meiner Freundin nun wirklich nicht zumuten.

Achtes Kapitel,
in dem wir eine Feier in unserem Garten machen

Belinda hatte beide Arme um meinen Hals geschlungen und weinte meinen Kragen nass. Immer wenn ich dachte, jetzt ist es gut, bebten ihre Schultern erneut los. Es kam mir vor wie eine Ewigkeit, bis sie alles aus sich herausgeheult hatte, oder zumindest so viel, dass sie wieder sprechen konnte. Und da verriet sie mir, warum sie gekommen war, nämlich um Melli in unserem Garten zu beerdigen.

»Bei uns?«, fragte ich. »Warum bei uns?«

»Marlies hat keinen. Und bei uns geht's nicht.«

»Nicht?«

Immerhin gab es hinter Belindas Haus einen wahnsinnig schönen Garten, eher einen Park. Er hatte sogar einen Springbrunnen mit zwei Fontänen, Büsche, rund wie riesige Bowlingkugeln, und geharkte Kieswege. Er sah so ordentlich aus wie ein

Friedhof, und das passte doch eigentlich gut. Belinda schnäuzte ein Taschentuch voll und noch zwei weitere.

»Seit zwei Wochen haben wir eine Folie unter der Erde. Damit kein Unkraut durchkommt. Wenn ich da ein Loch reinsteche, bekommt Papa graue Haare.«

Ich musste kurz an die Flüsse und Städte denken, die oben in meinem Atlas auf mich warteten, bekam aber gleich ein schlechtes Gewissen. Für eine Beerdigung hatte man Zeit zu haben, für eine Beerdigung sagte sogar Mama Termine bei Gericht ab und ließ Papa seine Patienten ohne ihn Knieschmerzen haben. Ich sah auf die arme Melli in meiner Hand. Ich gebe ja zu, sie und ich waren nie sonderlich warm miteinander geworden, ich hatte erst gar nicht versucht, sie richtig kennenzulernen, aber jetzt fühlte ich mich deswegen schlecht. Sie war doch nur ein armes Meerschweinchen gewesen, das man schon mit einer Mohrrübe hätte glücklich machen können. Ich fuhr ihr mit meinem Daumen über das Fell. Es war immer noch weich, meerschweinchenweich. Warum also hatte ich ihr nicht jedes Mal eine Mohrrübe aus unserem Kühlschrank mitgebracht. Es hätte mich so wenig Mühe gekostet. Und trotzdem – mit dem Sterben hätte sie schon warten können, bis ich Erdkunde fertig gelernt hatte.

Die nächste Stunde verbrachten wir damit, von einer Ecke unseres Gartens in die Nächste zu stapfen. Aber kein Platz war für Belindas Meerschweinchen gut genug. Unter den Tannen war es zu düster, hinter den Gartenzwergen zu einsam.

»Und was ist hiermit?«, fragte ich. Mit dem Spaten zeigte ich auf einen Platz neben unserem Komposthaufen.

»Müffelt es da nicht? Melli hat eine empfindliche Nase.«

»Hatte«, verbesserte ich.

O verdammt, das war ein Fehler. Meine Freundin schlug ihre Hände vors Gesicht und schaute so erschrocken, als wäre ihr erst jetzt klargeworden, dass Melli nie wieder irgendetwas schnuppern würde. Es ging alles von vorne los, das ganze Programm, Heulen, Schulterbeben, Trösten, Heulen, Trösten. Ich gab mein Bestes, und so hilflos ich mich fühlte, weil ich doch nur dastehen und ihr über den Rücken streicheln konnte, ging auch das vorüber. Und als Belinda schließlich den perfekten Platz entdeckte, lächelte sie sogar. Sie wollte Melli genau in der Mitte unseres Rasens beerdigen. Ich musste kurz an Mama denken, die von nun an einen Bogen um Mellis Grab würde machen müssen, wenn sie das Tablett von der Terrassentür zu unserer Sitzecke unter dem Kirschbaum transportieren wollte. Aber ich schluckte nur und sagte nichts. Ich rammte den Spaten in die Erde. Sie war hart wie Stein, doch irgendwie bekam ich ein Viereck in den Rasen. Ich stellte mich mit beiden Füßen auf die Schaufel und hüpfte, bis die Erde endlich unter mir nachgab. Eine Weile buddelte ich schweigend, während Belinda mir zuschaute.

»Lulu? Meinst du, Melli kommt in den Himmel, zu den Engeln und so?«

Ich steckte den Spaten in den Hügel Erde und legte meinen Kopf in den Nacken. Wolken zogen wie große Drachen durch den blauen Himmel. Kleinere, schnellere segelten unter ihnen hindurch.

»Auf jeden Fall«, sagte ich.

»Lulu?«

»Hm?«

»Danke. Ohne dich könnte ich das hier nicht.«

Sie nahm meine Hand und drückte sie.

»Gerne«, sagte ich.

Wir gaben Mellis Grab den letzten Schliff und legten es mit weichem Moos aus, da quietschte unser Gartentörchen, und endlich kam Marlies. Sie hatte eine große Plastikschachtel mit einem Kuchen dabei, selbstgebacken.

»Da können wir uns hinterher was gönnen – zu Ehren der guten alten Melli.«

Marlies hatte den Kuchen sogar mit drei winzigen Marzipanmöhren dekoriert, und Belinda schossen gleich wieder die Tränen in die Augen, aber dieses Mal vor Rührung! Es war wirklich erstaunlich, wie viel Wasser in Belinda steckte. Ich warf einen Blick zu den Wolken, sie waren größer und düsterer geworden.

»Kommt, lasst uns anfangen«, sagte ich. »Bevor der Himmel auch noch anfängt, Tränen zu vergießen.«

Dann standen wir zu dritt um das Grab und schauten auf das orangene Seidenpapier hinab, in dem Melli eingewickelt lag.

»Orange war Mellis Lieblingsfarbe«, seufzte Belinda. »Wegen der Mohrrüben.«

»Vater unser, der du bist im Himmel«, sagte ich.

»Im Namen des Vaters, des Sohnes und des heiligen Meerschweinchens«, sagte Marlies.

Eine Herbstböe fuhr uns ins Gesicht und brachte unsere Hosenbeine zum Flattern. Die Tannen beugten sich knarrend neben uns. Marlies nahm eine Schaufel Erde und hielt sie über das Grab.

»Halt«, rief Belinda.

Wir schauten sie an.

»Und was … was, wenn sie nicht in den Himmel kommt?«

»Ja, wieso das denn?«, fragte ich.

»Weil sie nicht artig war, zum Beispiel?«

»War sie das denn nicht?«

»Hat Papa in den kleinen Zeh gebissen.«

»War ja nur der kleine«, beruhigte ich sie.

»Aber dann konnte Papa die Nacht nicht schlafen. Vor Schmerzen. Und dann bekam er auch eine Blutvergiftung. Und Papa musste fünf Tage ins Krankenhaus.«

Ich pfiff durch die Zähne. Hilfesuchend schaute ich zu Marlies, die die Erde auf ihrer Schaufel festhielt.

»Wir kommen alle in den Himmel«, sagte sie.

»Woher willst du das wissen?«

»Steht doch in der Bibel. Jesus ist am Kreuz gestorben und hat deswegen für alle Sünden bezahlt, die wir jemals tun werden. Freikarte ins Paradies also.«

»Bist du sicher?«

Marlies nickte.

»Toll, der Jesus«, sagte Belinda. »Aber was ist, wenn Melli gar kein Christ gewesen ist.«

Ich seufzte, aber Marlies blieb die Ruhe selbst.

»Vor Gott sind alle gleich.«

»Na, da hörst du's!«, sagte ich.

Da ließ Belinda es endlich zu, dass Marlies die Schaufel Erde ins Grab kippte, und wir schaufelten reihum den Rest des Haufens ins Loch. Belinda holte die Blüte eines Weihnachtssterns aus ihrem Rucksack und steckte sie in den frischen Erdhügel, und dann gab es nichts mehr zu tun. Die Sonne schaffte es plötzlich wieder durch die Wolken. Wir spürten ihre Wärme auf unseren Schultern und irgendwie auch ein wenig in unseren Herzen. Wir umarmten uns. Da standen wir wie ein Kleeblatt mit drei Blättern. In diesem Moment fühlte ich mich glücklich, ohne recht zu wissen, warum. Ich glaubte, dass es Belinda auch ein klein wenig so ging. Ich fühlte mich eins mit meinen Freundinnen, mit der Sonne und den Bäumen und dem kleinen Meerschweinchen, das in unserem Garten ein prima Grab gefunden hatte. Dann war der Moment vorbei. Wir ließen uns los und gingen hinein, um den Kuchen zu essen. Doch bevor wir in die Küche kamen, mussten wir zuerst an meinem Vater vorbei. Er stand im Trainingsanzug und mit Tennistasche im Flur.

»Ich habe dich im ganzen Haus gesucht.«

»Ich war draußen, plötzlicher Todesfall.«

Papa schaute in das blasse Gesicht von Belinda mit den rotgeweinten Augen.

»Jetzt kann ich dich nicht mehr abfragen«, sagte er. Er klang aufrichtig betrübt.

»Oh, wie schade«, sagte ich und gab Papa einen Kuss.

Neuntes Kapitel,
in dem wir ein Kränzchen
mit Brei machen

Am Donnerstag kam Mama auf die glorreiche Idee mit dem Fahrrad.

»Du musst heute mit dem Fahrrad zu Oma Hilde fahren«, sagte sie.

»Mit dem Fahrrad! Ganz bis zu Oma Hilde? Warum?«

»Weil ich keine Taxifahrerin bin.«

Ich schaute aus dem Fenster unserer Küche. Düster schoben sich die Wolken durch den Himmel. Es war ein Tag, an dem man sich drei Schals um den Hals wickeln und heißen Kakao trinken sollte. Ich seufzte, und plötzlich tat ich mir furchtbar leid. Meine Stimmung wurde so grau wie das Wetter draußen. Belinda und Marlies gingen ins Badeparadies, um auf Wasserrutschen Spaß zu haben und am Ende ihren Hunger mit Pommes zu stillen. Belindas Vater hatte uns eingeladen, natürlich inklusive Bring- und Abholdienst mit seinem Auto – das hatte sogar Massagesitze! Und ich musste mit dem Fahrrad durch den Sturm zu einem Apartment, wo eine alte, wenn auch nette Frau auf mich wartete, die von einer etwas jüngeren bewacht wurde, die fauchen konnte wie ein Drache.

»Aber ich habe Kuchen dabei, selbstgebacken, von Marlies.«

Das war mir eben eingefallen, mit einem Kuchen Fahrrad zu fahren ging doch gar nicht.

»Dann könntest du doch kurz mit rein zu Oma Hilde – bis Agathe weg ist.«

Mama zog die Augenbrauen hoch.

»Hast du etwa Angst vor … ?«

»Quatsch«, fiel ich ihr ins Wort.

Da holte Mama aus dem Besenschrank eine Tüte und packte den Schokoladen-Apfelkuchen darin ein.

»So wird es gehen.«

»Und wenn ich mich verfahre?«

»Dann fragst du nach dem Weg.«

»Und wenn ich überfallen werde?«

Mama verschränkte die Arme.

»Vergiss es! Schließlich warst du es, die auch donnerstags zu Oma Hilde wollte. Also sieh zu, wie du dort hinkommst.«

76

Ich grummelte vor mich hin, während ich meine Jacke anzog. Die Kapuze zurrte ich bis unter die Nase fest.

»Und Flöte üben nicht vergessen«, rief Mama mir nach.

Die Eingangstür des großen Hauses, in dem Oma Hilde wohnte, war auch heute nur angelehnt. Das Strampeln auf dem Rad war halb so schlimm gewesen, es hatte sogar gutgetan. Der Fahrtwind hatte meine graue Stimmung fast weggepustet und auch ein wenig das mulmige Gefühl in der Magenkuhle. Ich stellte den Kuchen auf dem Boden ab, klopfte kurz gegen Oma Hildes Tür und holte, ohne eine Antwort abzuwarten und bevor mich mein Mut wieder verließ, den Schlüssel unter dem Abtreter hervor.

Als ich die Tür aufschloss, kam mir eine Geruchsmischung aus kaltem Kartoffelbrei und Staub entgegen. Auch etwas Süßliches lag in der Luft, von dem mir ein bisschen schwindelig wurde, vielleicht eine Körpercreme für faltige Haut oder ein Parfüm von Agathe.

»Fünf Euro meinem Ziel näher«, sagte ich mir.

»Hallo?« Die Stimme von drinnen klang dünn und leicht zittrig. »Hallo, ist da wer?«

»Oma Hilde, ich bin's!«

Ich hob den Kuchen auf und schob mit meiner

Schulter die Tür hinter mir zu. Ich scannte den Raum, keine Jacke am Haken, keine Spur von Agathe. Sie machte offensichtlich bereits ihren Rücken fit. Ich seufzte vor Erleichterung.

Oma Hilde saß in ihrem Sessel, hatte die Beine auf einem Hocker ausgestreckt, die Hausschuhe waren ihr von den Füßen gerutscht. Ich blieb unschlüssig im Raum stehen. Sollte ich sie zur Begrüßung auf ihre faltige Wange küssen? Ich schwenkte stattdessen nur die Tüte mit dem Kuchen.

»Na, lässt du es dir gutgehen? Sieh mal, ich habe dir was mitgebracht.«

Oma Hilde nickte und richtete sich ein paar Zentimeter größer auf, indem sie sich auf den Lehnen abstützte. Irgendwie sah ihr Gesicht heute anders aus. Aber ich kam nicht drauf.

»Was zum Essen, selbstgebacken.«

Gelogen war das nicht! Auch wenn Marlies es gewesen war, die Eier in die Schüssel geschlagen und mit Mehl verrührt hatte.

Ich hatte damit gerechnet, dass Oma Hilde mich jetzt richtig anstrahlen würde. Schließlich tun das alle Erwachsenen, wenn man etwas selbst macht für sie, aber Oma Hilde seufzte nur.

»Ausgerechnet heute! Wo meine Zähne zur Reparatur sind.«

»Wie bitte?«, fragte ich.

Oma Hilde öffnete ihre Lippen gute zwei Zentimeter, und ich beugte mich vor. Tatsächlich, es gab nur einen Streifen rosa Zahnfleisch zu sehen, ohne einen einzigen Zahn. Erst da fiel mir auf, dass sie etwas nuschelte. Ich nickte, war das praktisch, wenn man ein herausnehmbares Gebiss hatte! Dann brauchte man nie dabei zu sein, wenn der Zahnarzt Karies aus den Zähnen bohrte.

»Heute Abend bekomme ich sie wieder, die machen nur einen Ausflug, da haben sie mir was voraus. Und jetzt hilf mir mal auf, sonst wachse ich noch irgendwann in diesem Sessel fest.«

Ich schob den Hocker einen guten Meter zur Seite und zog sie auf die Füße. Ich bot ihr meinen Arm an, aber sie strafte mich mit hochgezogenen Augenbrauen.

»Na, so klapprig wie ich aussehe bin ich ja nicht! Ich kann sogar noch Kniebeugen.«

»Echt?«

»O ja.«

Oma Hilde ging tatsächlich dreimal in die Knie. Allerdings musste man genau hinschauen, um es zu erkennen. Eigentlich wippte sie nur so ein bis zwei Zentimeter nach unten und wieder hinauf.

»Siehst du!«

Ich applaudierte, Oma Hilde strahlte und beugte sich über die Tüte.

»Ah, das ist ja Brei! Warum hast du das nicht gleich gesagt. Brei ist in Ordnung. Brei kann ich essen.«

Sie zog die Form hervor und stellte sie auf dem Tisch ab.

Tatsächlich, ich hatte die Tüte offensichtlich verkehrt herum auf den Gepäckträger geschnallt, der Kuchen war aus der Form gerutscht und ordentlich durchgeschüttelt worden. Oma Hilde war begeistert.

»Oh, das wird toll, jetzt machen wir ein Kaffeekränzchen.«

»Was für ein Tänzchen?«

»Kränzchen.«

Ich schaute mich um, sah aber weder Kaffee noch Kränzchen.

»So sagt man doch. Das wird ganz wunderbar.«

Und dann erklärte Oma Hilde mir, wo die Teller waren, und ich holte außerdem zwei Gabeln aus der Schublade. Auf dem Tisch stand ein dicker Kerzenstumpf, Oma Hilde zündete ihn an. Sie brauchte drei Versuche, aber dann war es wirklich schön gemütlich, und wir hauten rein.

»Hm«, machte Oma Hilde. Und wieder »Hm, lecker.«

Sie verdrehte die Augen vor Entzücken und pickte die letzten Krümel mit den Fingern aus der Form.

»Wenigstens kann jetzt niemand mehr behaupten, ich lasse dich verhungern«, sagte ich.

»So, so, wer behauptet das, Agathe?«

»Hm.«

Oma Hilde gluckste, ein Apfelstückchen und Krümel flogen aus ihrem Mund und landeten auf dem Glas eines Bilderrahmens, der auf dem kleinen Beistelltisch stand.

»Du hast Angst vor Agathe, stimmt's.

»Nö«, sagte ich.

»Doch, doch, das hast du.« Oma Hilde kicherte. »Das brauchst du nicht. Sie ist eine Seele von Mensch, hat sich nur im Leben eine etwas harte Schale zugelegt. Das ist oft so, die feinsten Menschen legen sich die härtesten Schalen zu, wenn ihnen das Leben zu sehr zusetzt.«

Über diesen letzten Satz dachte ich gerade nach, da tat Oma Hilde etwas Verrücktes. Sie nahm das Bild vom Tisch, streckte ihre Zunge raus, grinste mich an und leckte die Kuchenkrümel ab. Ich schauderte vor Begeisterung und auch ein wenig, weil ich es eklig fand, wunderbar eklig, so wie langbeinige Spinnen eben.

Dann hielt sie mir das Foto vor die Nase.

»Mein Haus.«

Ich schaute es mir lange an. Es war klein, und Blumen wuchsen kreuz und quer in dem Garten davor. Ein richtiger Dschungel. Drei Steinstufen führten zu einer Tür, deren Farbe mal irgendetwas wie Blau gewesen sein musste.

»Da ist ja eine Fensterscheibe kaputt«, sagte ich.

»O ja«, sagte Oma Hilde, als sei es das Normalste auf der Welt.

»Ja, die musst du unbedingt reparieren lassen. Sonst zieht's rein. Und Zug ist nicht gut für dich.«

Oma Hilde drehte das Bild in ihren Händen und zuckte mit den Schultern.

»Mir gefielen die Fenster eigentlich immer sehr gut. Man kann dadurch die schneebedeckten Bergspitzen sehen und die Kühe mit den riesigen Ohren und die Blumen. Jetzt dagegen …«

Sie seufzte, und ich folgte ihrem Blick durch die schweren Gardinen hinaus auf das Nachbarhaus. Auf einem Balkon stand ein Sonnenschirm mit einer Plastikhülle, und ein Stockwerk tiefer qualmte eine Frau in einem Bademantel eine Zigarette.

»Hm«, machte ich, weil mir nichts Besseres einfiel. Ich suchte in meinem Kopf nach einer Idee, wie ich sie tröste, wie ich die gute Stimmung von eben zurückholen konnte. Ihre Traurigkeit fing schon an, auf mich herüberzuschwappen, da fiel mir zum Glück der Fernseher wieder ein.

»He, ich weiß was, wir bewundern jetzt die Aussicht auf deinem Flachbildschirm.«

»Fernsehen, jetzt?«, sagte Oma Hilde.

»Aber ja, das wird toll! Wer braucht eine Aussicht, wenn er so einen tollen Fernseher hat.«

Bevor sie es sich anders überlegen konnte, eilte ich zum Nachtschränkchen, wo ich die Fernbedienung gesichtet hatte. Ich griff danach, etwas zu hastig, sie rutschte herunter, fiel und schlitterte unter das Bett. Hoffentlich war sie nicht kaputtgegangen. Ich bückte mich, um sie hervorzufischen. Da sah ich etwas. Verrückt, das war das Letzte, was ich hier vermutet hätte.

»Oma Hilde, he, was hast denn da unter deinem Bett versteckt?«

Zehntes Kapitel,
in dem ich Oma Hildes Traum
unter dem Bett finde

Ich konnte es kaum glauben, aber das dort hinten an der Wand waren eins-a-Schlittschuhe. Ich robbte unter das Bett, angelte mit ausgestrecktem Arm nach den Schnürsenkeln und bekam sie zu fassen. Ich beförderte die Schuhe ans Tageslicht und ließ sie vor Oma Hildes Nase baumeln wie das Pendel einer Uhr.

»Wusstest du, dass du Schlittschuhe unter deinem Bett hast?«

»Selbstverständlich.« Sie sagte es so, als sei es normal, dass fast Hundertjährige Schlittschuhe unter dem Bett aufbewahrten. Ich schob die Vorhänge zur Seite, damit mehr Licht ins Zimmer fiel. Mann o Mann! Das waren mit Abstand die schönsten Schlittschuhe, die ich je gesehen hatte. Das Leder war weiß, aber nicht wie Schnee, sondern cremiger, wie frisch geschlagene Sahne. Schnürsenkel mit rotem Tulpenmuster liefen um goldene Knöpfe herum. Der Schaft war mit Puschelfell gepolstert – rosa! Und die Kufen blitzten so, als würde Oma Hilde sie jede Nacht polieren, anstatt zu schlafen.

»Kannst du auf ihnen fahren?«

»O ja!« Oma Hilde nickte.

»In meinen Träumen.«

»In deinen Träumen?«

»Ja, da kann ich es ganz gut. So gut, dass ich sicher bin, ich könnte es auch in der Wirklichkeit. Nur leider habe ich es nie ausprobiert.«

»Nie?«

»Nein, nie!«

»Warum?«

Da seufzte Oma Hilde und schaute auf die dunklen Flecken, die ihre Hände sprenkelten.

»Ich bin irgendwie nicht dazu gekommen. Vermutlich schwer zu glauben, wenn jemand schon 97 Jahre lang gelebt hat.«

Und weil das so traurig klang und sie auch ein wenig verloren in ihrem Sessel aussah, bot ich ihr noch ein paar letzte Kuchenkrümel an. Aber Oma Hilde winkte ab, nestelte an ihrem Rockknopf herum und behauptete, sie stünde kurz davor zu platzen. Da holte ich endlich die Fernbedienung unter dem Bett hervor und zielte damit auf die Flimmerkiste. Ablenkung war jetzt sicher genau das Richtige. Aber auch dieses Mal wurde daraus nichts, denn bevor ich es schaffte, den Einschaltknopf zu finden, begann Oma Hilde zu erzählen. Und ich fand es unhöflich, sie zu unterbrechen.

»Ich erinnere mich genau an den Tag, als ich die Schlittschuhe bekam. Oh, es ist lange her, aber ich weiß es noch, als wäre es gestern gewesen …«

Ich schenkte der Fernbedienung einen sehnsüchtigen Blick. Eigentlich hatte ich mich richtig darauf gefreut, mit Oma Hilde abzuhängen und gemütlich die Füße hochzulegen. Ich schaute zu den Schlittschuhen und zurück zur Fernbedienung.

»Du kannst mir die Geschichte ja ein anderes Mal erzählen.«

Aber es war zu spät, Oma Hildes Augenlider standen wieder auf Halbmast, genau wie vor zwei Tagen. Ich seufzte. Warum gab es Kinder, bei denen sogar ein eigener Fernseher neben dem Bett stand. Und Kinder, die niemals das Glück hatten, eine einzige Verkaufssendung zu gucken.

»Es fing damit an, dass wir meinen Vater aus dem Gefängnis holen wollten«, sagte Oma Hilde.

Ich vergaß den Fernseher.

»Aus dem Gefängnis?«, fragte ich noch einmal nach, nur für den Fall, dass ich mich verhört hatte.

»O ja, aus dem Gefängnis.«

Ich schaute Oma Hilde an, als sähe ich sie zum ersten Mal. Ich hatte noch nie jemanden gesehen, der jemanden kannte, der schon mal im Gefängnis gesessen hatte. Und dann auch noch der eigene Vater. Ich legte die Fernbedienung auf den Tisch und sagte:

»Na, dann leg mal los. Nee, warte, ich mache es uns vorher noch gemütlich.«

Ich breitete die Decke über Oma Hilde aus. Die Tagesdecke – nicht die Bettdecke, selbstverständlich. Dann streckte ich meine Füße auf dem Hocker aus. Und so, meine Füße an Oma Hildes Füßen, hörte ich einfach nur zu.

»Es war der Hochzeitstag meiner Eltern«, begann Oma Hilde. »Der zehnte, oder war es der elfte? Nein, wir hatten Ernie, unseren Dackel, noch nicht, also muss es der zehnte gewesen sein.«

»Ist doch gehuppt wie gesprungen«, sagte ich. »Und wie war das mit dem Gefängnis?«

»Ach, das Gefängnis«, sagte Oma Hilde.

»Nun, mein Vater hatte uns zum Essen eingeladen, in ein richtiges Restaurant mit Tischdecken und Kerzen. Heute gibt es Fleisch, hatte er verkündet. Fleisch zu essen, das leistete man sich nur ab und an, sonntags oder an Geburtstagen. Es gab Sauerbraten, jeden Bissen behielten wir so lange wie möglich im

Mund, damit uns ja nichts von dem köstlichen Geschmack verlorenging. Auch Vater war an diesem Abend bester Stimmung. Mit seinem Bier stieß er mehrfach mit uns an. Er war so gutgelaunt, dass er die Inflation vergaß. Und während wir Bissen um Bissen unser Essen genossen, tat draußen die Inflation weiter ihr Werk und verdoppelte die Preise, und Vater konnte die Rechnung am Ende des Abends nicht bezahlen. Bald wurde es sehr laut. Vater hat geschrien, dass der Wirt ein Halsabschneider sei. Der Wirt hat gebrüllt, ob mein Vater nicht lesen könne. Auf der Karte stünde schließlich, dass sich die Preise dem Geldkurs anglichen. Und plötzlich standen Männer in Uniformen in der Tür. Die hat Vater auch angeschrien, und dann haben sie ihn mitgenommen. Einfach so. Und ins Gefängnis gesperrt.«

»In ein Gefängnis mit allem Drum und Dran?«, fragte ich.

»O ja.«

»Mit Gitterstäben, Wasser und Brot?«

»Selbstverständlich.«

»Echt jetzt! Und wie ist er wieder rausgekommen? Er ist doch rausgekommen, oder?«

Oma Hilde gähnte.

»Oh, wir mussten ihn natürlich befreien, Martha, meine Schwester, Mutter und ich. Aber das ist eine andere Geschichte.«

»Erzähl!«, bettelte ich.

»Ja, sehr gerne«, sagte Oma Hilde. »Nur eher ein anderes Mal. Fühle mich plötzlich müde.« Sie gähnte. »Ich muss mich wohl zuerst ausruhen.«

Und von jetzt auf gleich fielen Oma Hilde die Augen zu. Keine drei Minuten später trompete sie wie ein Posaunenchor, so schnell ging das bei ihr. Und überhaupt, dass aus so einer kleinen Nase solcher Lärm tönen konnte, war ein Wunder. Dieses Mal traute ich mich nicht, den Fernseher anzuknipsen. Ich lehnte mich zurück, schloss die Augen und drehte Däumchen, so wie Oma Hilde es immer tat. Es war ein bisschen langweilig, aber auch ein bisschen chillig. Und ich fragte mich, was Oma Hildes Geschichte denn nun eigentlich mit den Schlittschuhen zu tun hatte.

Heute war Agathe sehr zufrieden mit mir. Sie warf einen Blick auf die Schüsseln mit den Löffeln in der Spüle.

»Ah, Brei! Gut, sehr gut«, lobte sie.

»Ich hoffe, nur nicht mit zu viel Fett und Zucker, das ist nicht gut.«

Ich schüttelte den Kopf. »Nee, keine Sorge, es hat ihr alles prima geschmeckt, und wie war es bei Rückenfit?«

Da stöhnte Agathe und fasste sich an ihr Kreuz.

»Frag nicht, musste mich verrenken, als wäre ich eine Schlange.«

Agathe zog ihre Schuhe aus und schob sie unter die Garderobe. »Ich stelle mich besser unter die heiße Dusche, sonst kriege ich einen bösen Muskelkater.«

Agathe lächelte mir sogar zu, bevor sie ins Bad verschwand.

Ich packte meine Sachen zusammen und zog leise die Tür hinter mir zu.

Elftes Kapitel,
in dem ich für meine Dummheit bestraft werde

Draußen war es bereits dunkel, und eine Herbstböe wehte mir Nieselregen ins Gesicht. Mann o Mann, war das ungemütlich! Ich zog die Bändel meiner Kapuze fester und setzte den Fahrradhelm auf. Eine kleine Regenpfütze schwamm in der Mulde meines Sattels, und ich wischte mit dem Ärmel darüber. Und da fiel mir ein, dass ich meine Handschuhe auf Oma Hildes Garderobenhaken vergessen hatte. Leider hatte ich auch den Schlüssel nicht zurück unter die Fußmatte gelegt. Kurz überlegte ich, Agathe unter der Dusche hervorzuklopfen, aber bei dem Gedanken an eine in ein Handtuch gewickelte Agathe war mir nicht wohl. Da fror ich mir lieber die Hände ab. Um das Schlimmste zu verhindern, steckte ich mir auf der Rückfahrt mal die eine Hand und mal die andere in die Jackentaschen. Trotzdem waren meine Finger bald so taub gefroren, dass ich mich nach Wärme sehnte, und da fiel mir die Sommertemperatur in den Verkaufsräumen bei Sportfit wieder ein. Ich könnte eine Pause einlegen und nach meinen Inlinern schauen. Sicher würde ich besser schlafen können, wenn ich wusste, dass meine Inliner in Sicherheit waren.

Vor Sportfit gab es einen mit Lämpchen geschmückten Fahrradständer. Ich fuhr einen Schlenker auf den Bürgersteig und hängte mein Vorderrad ein. Ich blieb kurz vor der Eingangstür stehen und schaute ins Licht des Kaufhauses. Ich prüfte die Lage. Heute war es sehr leer, nur eine einzige Kundin stand an der Kasse und nahm eine Tüte entgegen. Ich trat in die warme Luft, schlenderte um einen Ständer mit Sporttrikots herum. Ich ließ meine rechte Hand über aufgerollte Gmynastikmatten streifen und nahm nacheinander zwei Yogahosen vom Tisch. Die pinkfarbene hielt ich mir an. Sie war Größe XXL. Machten jetzt schon Elefanten Yoga?

Da stand plötzlich ein Mädchen vor mir, ich hatte sie nicht kommen sehen. Sie war kaum größer als ich und hatte ein Piercing in der Nase. Das fand ich ein wenig ekelig, weil es aussah, als hatte sie beim Naseputzen was vergessen.

»Kann ich dir irgendwie helfen?«, fragte sie. Sie

hatte eine Stimme wie ein aus dem Nest gefallenes Vögelchen.

»Ich schaue mich nur ein wenig um.«

Da zog sie zum Glück wieder ab. Ich wartete, bis sie hinter der Rolltreppe verschwunden war, bevor ich mich an die Rucksäcke heranpirschte. Welcher war es? Groß und rot war er gewesen, oder doch eher blau? Ich tastete die Bäuche aller ab, die in Frage kamen. Manche waren prall gefüllt, aber wenn ich sie öffnete, fand ich nur Papier darin. Ich hatte sie fast alle durch, als sich eine Hand auf meine Schulter legte. Ich erschrak, und der Rucksack rutschte mir von der Stange auf den Boden.

»Na, kleines Fräulein!«

Ich fuhr herum und blickte in wasserblaue Augen. Sie gehörten zu einem Herrn, auf dessen Glatze sich die Lichter der Deckenstrahler spiegelten. An seiner rechten Seite lächelte das Mädchen mit Nasenpiercing, und zu seiner Linken nickte Herr Säuselmann, mein Inliner-Verkäufer. Er hatte mich ebenfalls wiedererkannt.

»Das ist sie«, sagte er.

»Sie kam mir sofort verdächtig vor«, sagte das Mädchen.

Der Glatzkopf klopfte ihr auf die Schulter: »Gut gemacht, Pia-Lotta. Das werde ich positiv in deiner Beurteilungsmappe vermerken.«

Dann knöpfte er sich seine Jacke auf und zog aus der Innentasche eine Plastikkarte hervor.

»Klötzing, Kaufhausdetektiv.« Er räusperte sich und steckte das Kärtchen sorgfältig an seinen Platz zurück. »Na, kleines Fräulein, was wollten wir denn dieses Mal mitgehen lassen?«

»Mitgehen? Wohin?«, fragte ich.

»Stell dich nicht dümmer, als du bist. Na, stehlen?«

»Stehlen?«

Alle drei, Herr Klötzing, Herr Säuselmann und diese Pia-Lotta beugten sich ein Stückchen näher zu mir. Und da dämmerte es mir. Die drei glaubten, ich wollte mir einen dieser überteuerten Rucksäcke umschnallen, um damit, ohne zu bezahlen, aus dem Laden zu marschieren. Ich spürte wie sich kleine Schweißtropfen auf meinem Rücken bildeten und schüttelte den Kopf.

»Aber nein, ich wollte nichts stehlen. Ich wollte sie nur abtasten, die Rucksäcke, das ist doch wohl nicht verboten.«

»Hast du aber.« Herr Säuselmann machte einen weiteren Schritt auf mich zu. »Gestohlen, meine ich, vor zwei Tagen, die Inliner. Sie sind nicht in der Abrechnung der Kasse aufgetaucht. Ich habe das überprüft.«

Da verstand ich plötzlich. Ich konnte es ihm nicht

mal übelnehmen. Woher sollte er auch wissen, dass ich nicht mit den Inlinern verduftet war. Es half nichts, ich musste ihnen die Wahrheit sagen.

»Da liegt ein Irrtum vor. Ich habe die Inliner nicht mitgenommen, sondern nur in einen dieser Rucksäcke gesteckt, ich glaube, rot war er, aber auf jeden Fall war er teuer.«

Jetzt guckten mich alle an, als sei ich ein Esel mit drei Ohren.

»Das ist doch ein Witz!?«, sagte Herr Klötzing. »Du willst uns zum Narren halten.«

Ich biss mir auf die Lippe und schüttelte den Kopf.

Herr Klötzing grunzte, und Herr Säuselmann schnaufte.

»Wehe, wenn das eine Lüge ist, kleines Fräulein.«

In den nächsten Minuten klopften Herr Säuselmann und Pia-Lotta die Rucksäcke ab, und Herr Klötzing erteilte Anweisungen, in welcher Reihenfolge dies zu geschehen hatte. Je länger es dauerte, desto finsterer wurden ihre Blicke und desto mulmiger wurde mir. Und dann passierte das Allerschlimmste, sie fanden die Inliner nicht. Ich flehte sie an, mir zu glauben, aber sie taten es nicht. Herr Klötzing umfasste meinen Arm und führte mich ab, als sei ich ein Schwerverbrecher.

Zwölftes Kapitel,
in dem ich in der Falle sitze

Das Büro des Kaufhausdetektivs war klein und hatte
kein einziges Fenster. Die Wände hinauf drängten
sich Ordner in Regalen, mal standen sie in Reih und
Glied, mal stapelten sie sich. Ich fragte mich, ob
Herr Klötzing in ihnen wohl die Namen der Diebe
sammelte, die er auf frischer Tat ertappte. Hatten
sich diejenigen, die vor mir auf diesem Stuhl gesessen hatten, ebenso einsam und verloren gefühlt, wie
ich es jetzt tat? Herr Säuselmann schenkte mir von
seinem Platz an der hinteren Wand einen mitleidi-
gen Dackelblick, Pia-Lotta war Kisten auspacken
gegangen.

»Name?!«, bellte Herr Klötzing.

»Luise Stresemann.«

Herr Klötzing tippte mit zwei Fingern auf seine
Tastatur.

»Adresse?!«

»Holunderblütenweg 1.«

»Hm, das ist doch die bessere Gegend.« Er musterte kurz meine schmutzige Jacke und zuckte mit den Schultern.

»Telefonnummer?!«

»Meine?«

»Nein, die von deinen Eltern.«

Ich atmete tief durch die Nase ein. Ich hatte bisher gar nicht daran gedacht, dass meine Eltern natürlich davon erfahren würden. Ein Blick auf Herrn Klötzings schmale Lippen genügte, um zu wissen, dass es zwecklos war, mit ihm zu verhandeln. Ich rutschte auf meinem Stuhl herum, suchte einen Ausweg, fand aber keinen. Hier in diesem muffigen Büro konnte ich die enttäuschten Gesichter meiner Eltern bereits vor mir sehen. Und wenn mein Vater erst erfuhr, dass ich alles nur wegen eines Paars Inlinern getan hatte, würde es noch schlimmer werden. Oje, er würde pädagogische Maßnahmen ergreifen, und wie die aussehen würden, konnte ich mir ja denken. Meinen Lohn bei Oma Hilde konnte ich auf alle Fälle vergessen und Inliner bis an mein Lebensende sowieso.

»Also!«, sagte der Kaufhausdetektiv.

»Fünf, neun, zwei, neun, drei, vier – nein, Moment.«

Unsere Nummer konnte ich auswendig aufsagen, seit ich das erste Mal in den Kindergarten gegangen war. Papa hatte sie mit mir geübt, so wie das Weihnachtsgedicht, das ich jährlich vor dem Weihnachtsbaum herunterbeten musste. Und jetzt war ich mir plötzlich nicht mehr sicher.

»Also fünf, neun, zwei, … – nein, drei, eh … vier.«

Der Detektiv seufzte. »Sicher?«

»Fast«, sagte ich.

Müde nickend tippte Herr Klötzing die Nummern in den Hörer. Es meldete sich eine Frau Gerstenschrot. Herr Klötzing verschränkte die Arme.

»Willst mich wohl schon wieder veräppeln! Hast du kein Handy, wo die Nummer gespeichert ist?«

Ich fand es in meinem Rucksack und reichte es ihm. Er beugte seine Nase über das Display wie ein Spürhund, bearbeitete es mit seinem Daumen, es piepte dreimal. Kurz darauf grunzte er zufrieden.

»Na bitte, hier, Stresemann.«

Ich wollte ihm verraten, dass es Oma Hildes Nummer war, die er entdeckt hatte, wirklich, es lag mir auf der Zunge. Aber da erklang die Melodie, die einem anzeigt, dass das Telefon bereits wählt.

»Klötzing hier, Kaufhausdetektiv. Wir …

Ja, danke, mir geht es gut. Wir … ja, freut mich für Sie. Also, was wollte ich sagen, ja, wir haben Ihre Tochter leider beim Stehlen erwischt.

101

Beim Steehleeen!!«

Mir wurde ganz unwohl bei dem Gedanken, was Oma Hilde nun von mir denken musste. Ein bisschen tröstlich fand ich aber, dass Oma Hildes Vater ja auch schon im Gefängnis gesessen hatte. Sie war sozusagen an Verbrecher gewöhnt.

»Ja, ich denke, es wäre gut, wenn Sie vorbeikommen würden. Ernst-August-Straße 5, Sportfit. Fragen Sie an der Kasse nach Klötzing. Ja, E-r-n-s-t-A-u-g-u-s-t-Straße. Was? Keine Ahnung, ob Ernst August der König von Hannover war!«

Der Detektiv gab mir mein Handy zurück.

»Ist deine Mutter erkältet?«

»Manchmal.«

Herr Klötzing nickte. »Habe ich mir gedacht, ihre Stimme klang so – dünn.«

Herr Säuselmann las Zeitung, und Herr Klötzing verdrückte ein Brot, eine Gurke und eine Mandarine. Also, ich hätte nicht »nein« gesagt, wenn mir Herr Säuselmann ein paar Seiten seiner Zeitung angeboten hätte, oder Herr Klötzing ein oder zwei Spältchen Mandarine. Ich schaute verstohlen auf mein Handy, sechs Uhr! Wie lange würde es dauern, bis sie kapierten, dass niemand kommen würde? Da war es schon wahrscheinlicher, dass der Osterhase vorbeihoppelte, bevor Oma Hilde hier auftauchen würde. In diesem Augenblick klopfte es an die Tür, und ich dachte, es sei Pia-Lotta, die mit dem Auspacken fertig war.

»Herein«, brummte Herr Klötzing und streckte seinen Brustkorb vor. Die Tür quietschte, als sie aufschwang. Ein Büschel grauer Haare mit rötlichen Tupfen erschien, und dann stand Oma Hilde mit ihren herabgerollten Strümpfen, ihren Hausschuhen und in der fünf Nummern zu großen Strickjacke im Raum. Sie hatte sich auf ein Gerät mit Rollen gestützt und ihre Zähne immer noch nicht drin. Den beiden Männern verschlug es ein paar Sekunden lang die Sprache. Und ich wette, auch mein Mund stand vor Staunen offen wie ein Scheunentor.

»Guten Tag, ich bin Frau Stresemann.« Oma Hildes Stimme klang sanft und freundlich, auch wenn sie ohne Zähne ziemlich nuschelte. »Und wer von den Herren ist Herr Klötzing, mit dem ich am Telefon so nett geplaudert habe?«

»Eh«, machte Herr Klötzing. »Eh, ich habe gedacht, Sie seien jünger. Also nicht, dass Sie alt aussehen, aber …«

»Ich bin die Großmutter«, erklärte Oma Hilde. »Die Großmutter von Luise. Meine Tochter lässt sich entschuldigen. Könnte ich mich bitte irgendwo setzen.«

Herr Säuselmann sprang so ungelenk auf wie ein Frosch, dem ein Bein eingeschlafen war, und bot Oma Hilde seinen Platz an. Er half ihr in den Stuhl und schob das Ding mit den Rollen in die Ecke. Oma Hilde strich über meine Hand und zwinkerte mir zu. Ich starrte sie an, als sei sie das achte Weltwunder, aber es ging mir sofort besser. Verrückt, ein Zwinkern, und schon sah die Welt weniger grau aus.

Herr Klötzing tippte sich mit seinem Stift an die Nase.

»Hm, eigentlich ist das ja Sache des gesetzlichen Vertreters. Was ist denn mit dem Vater?«

»Auf Geschäftsreise im Orient, Teppichhandel.«

Oma Hilde verzog keine Miene, kein Zucken an ihren Mundwinkeln. Wie die lügen konnte, da musste ich demnächst aufpassen.

Herr Klötzing seufzte und nickte.

»Nun denn, können Sie Ihre Enkelin wenigstens identifizieren?«

»Das muss ich mal sehen.« Oma Hilde bearbeitete den Verschluss ihrer Handtasche und beugte sich über sie. »Möchte jemand einen Hustenbonbon, Zitronen-Melisse?«

»Nein, nein«, sagte der Kaufhausdetektiv, »wenn Sie jetzt bitte ...«

»Aber selbstverständlich, na, wo ist es nur, ... ah ja!«

Oma Hilde zauberte ein weißes Fläschchen hervor.

»Augen zu, Lulu-Schätzchen!«

Und dann hörte ich es dreimal zischen, und ich bekam eine Dusche ins Gesicht.

»So, fertig«, sagte Oma Hilde. Sie ließ die Tasche wieder zuschnappen.

Die zwei Männer warfen sich erneut Blicke zu. Ich wusste auch nicht, was ich davon halten sollte.

»Womit bitte sind Sie fertig?«

»Mit Desinfizieren«, sagte Oma Hilde.

Herr Klötzing schüttelte sich, als wollte er eine böse Fliege vertreiben. »Aber Sie sollen Ihre Enkelin doch nicht desinfizieren, sondern identifizieren.« Seine Stimme bebte jetzt leicht.

»Wie bitte?«, brüllte Oma Hilde.

»I-den-ti-fi-zieren!«, brüllten der Detektiv und Herr Säuselmann im Chor. »Bestätigen, dass das Ihre Enkelin ist.«

»Ach so, jetzt kann ich Sie verstehen. Ich bin etwas schwerhörig. Ja, das ist meine Enkelin.«

»Haben Sie auch den Personalausweis Ihrer Enkelin dabei?«

»Ich brauche keinen Personalausweis, um zu wissen, dass das meine Enkelin ist.«

Oma Hilde schenkte beiden ein zahnloses Lächeln.

Die Männer zuckten beim Anblick des kahlen Zahnfleischs zusammen. Dann seufzte Herr Klötzing, todunglücklich sah er aus, aber er drückte seinen Stempel auf das Papier.

»Jetzt geht das Ganze zum Chef, und dann warten wir auf die Polizei. Die müssen die Sache auch noch aufnehmen.«

Polizei! Ich schaute zu Oma Hilde.

»Ist das denn nötig, lieber Herr Klötzing?«, fragte sie. »Die Polizei, wegen so einer Kleinigkeit.«

»Desinfizieren Sie, wen Sie wollen, aber erzählen Sie mir nicht, wie ich meinen Job zu machen habe. Ja?«

Kurz darauf waren Oma Hilde und ich alleine. Herr Klötzing hatte das Büro verlassen, um den Bericht von seinem Chef unterzeichnen zu lassen. Und Herr Säuselmann hatte sich mit seiner Freundin im Schwimmbad verabredet.

Ich legte Oma Hilde meine Hand auf die Schulter.

»Ich habe die Inliner nicht gestohlen«, sagte ich. »Das musst du mir glauben.«

»Aha«, sagte Oma Hilde. »Und was genau sind eigentlich diese Inliner?«

Dreizehntes Kapitel,
in dem Oma Hilde einen heißen Reifen fährt

Manche Menschen sind wie Überraschungseier. Ich meine, die aus Schokolade mit etwas Kleinem zum Spielen drin. Man erfährt erst, was in ihnen steckt, wenn man an ihnen geknabbert hat. Und Oma Hilde war ein Ei mit besonders vielen Knallern. Wie sie Säuselmann und Klötzing veräppelt hatte. Und das war ja erst der Anfang. Ich erzählte Oma Hilde die ganze Geschichte, von vorne bis hinten. Nicht einmal meine Schwärmerei für Rusty, der kleinen Lok von Starlight-Express, ließ ich aus.

Oma Hilde saß nur da und hörte mir zu, ihren Kopf leicht schief und ihre Hand auf meinem Knie. Schließlich nickte sie, zog ein Taschentuch aus der Strickjacke.

»Sind es nicht die Träume in unseren Herzen, die uns lebendig halten?« Sie tupfte sich über die Nase

107

und steckte das Taschentuch in den Ärmel zurück. »Und auch wenn sie uns manchmal unerreichbar erscheinen – so wie ein Stern am Himmel, so leuchten sie uns dennoch den Weg.«

Oma Hildes Worte fuhren in meinen Körper wie ein Sonnenstrahl, und sie schafften es, dass der Klumpen in meinem Bauch ein kleines bisschen schmolz.

»Und deswegen …« Oma Hilde steckte umständlich ihr Taschentuch zurück und zeigte auf die Tür. Nicht die, durch die beide Männer verschwunden waren, sondern auf eine zweite, gegenüber der ersten, aus schwerem Eisen, mit ein paar Schuhkartons davor. Ein Schlüssel mit einem Hawaiimädchen als Anhänger steckte im Schloss.

»Und deswegen marschieren wir jetzt dort hinaus.«

»Wie, dort hinaus?«

»Na, wir verduften!«

Das ließ ich mir nicht zweimal sagen. Ich stapelte alle Kartons, die uns den Weg versperrten, auf dem Schreibtisch. Die Tür war verschlossen, und der Schlüssel klemmte, aber nachdem ich mich ein paarmal mit meinem Gewicht gegen die Tür geworfen hatte, ließ er sich drehen und auch problemlos herausziehen. Dann wollte ich Oma Hilde helfen, doch sie stand bereits auf ihren Beinen, so gerade, wie ich sie noch nie erlebt hatte. In ihren Augen funkelte es, als hätte sie soeben in ihrer kleinen Gestalt die Weihnachtsbeleuchtung angeknipst. Keine zwei Minuten später waren wir mitsamt Omas Rollwagen draußen, und mit einem dumpfen »Klacken« schnappte die Eisentür zu. Ich schloss zweimal ab, das würde uns Zeit verschaffen. Dann wollte ich Oma Hilde unterhaken, aber sie schüttelte meinen Arm ab.

»Das stört nur bei der Flucht.«

»Klar, Entschuldigung.« Ich wollte losgehen.

»Warte«, sagte Oma Hilde. »Meine Augen müssen sich erst an das schlechte Licht gewöhnen.«

Es war tatsächlich ziemlich dämmrig hier. Wir waren offensichtlich in der Lagerhalle gelandet. Licht spendeten wenige Leuchtröhren an der Decke. Regale türmten sich in langen Reihen bis unter das weit entfernte Dach.

»Ausgezeichnet«, sagte Oma Hilde. »Jetzt müssen wir uns hier entlangschleichen.« Oma Hilde hielt sich wieder gebeugter, eher gurkenförmig, aber ihre Augen funkelten weiter vor Abenteuerlust.

Leider kamen wir nur langsam voran. Oma Hilde schob ihren Rollwagen ein Stückchen vor und trippelte zwei Schritte hinterher. Dabei schien sie sich von Sekunde zu Sekunde schwerer auf die Haltegriffe ihres Wägelchens zu stützen. Ich begann mich

zu fragen, wie sie es in diesem Tempo zu Sportfit geschafft hatte. Und wieso hatte Agathe sie überhaupt
gehen lassen und dann auch noch in Hausschuhen?
Als könnte Oma Hilde meine Gedanken lesen, sagte
sie: »Ich hatte ja so einen freundlichen Taxifahrer.
Er hat mich sogar mit einem Schirm an der Haustür
abgeholt. Was für ein Glück. Agathe konnte ja nicht,
weil sie so fürchterliche Rückenschmerzen hatte.
Sie brauchte dringend eine Salbe.«

»Ah so«, sagte ich. »Und woher wusstest du die
Nummer?«

Oma Hilde guckte mich an, als würde ich sie für
dumm halten.

»Die hat Agathe doch im Telefon eingespeichert.
So, und jetzt muss ich mich auf meine Füße konzen-
trieren.«

Ich schaute zurück zur Tür, da tat sich nichts.
Doch ich machte mir Sorgen und drehte alle zwei
Meter erneut meinen Kopf. Hatte ich da nicht gerade das Geräusch einer Klinke gehört, oder bildete
ich mir das nur ein? Oma Hilde schnaufte tief und
gleichmäßig wie eine Dampflock. Als wir das Regal 42 erreichten, sagte sie, dass ihre Beine langsam
müde seien und sie sich jetzt mal setzen müsse. Ich
zwang mich, ruhig zu atmen.

»Schaffst du es noch um die Ecke da vorne? Da
sind wir aus dem Blickfeld.«

»Nein, es müsste schon eher jetzt sein.«

Und da fiel mir auf, wie erschöpft sie sich an die Griffe ihres Rollwägelchens klammerte. Zwei Meter weiter fiel mein Blick auf einen Stapel Kartons. »Ich baue dir einen Sitz, warte.«

»Aber nicht doch, keine Kartons. Ich nehme lieber den Sitz da.«

Ich dachte, dass sie das unmöglich ernst meinen konnte. Dort, wo sie hinzeigte, stand nämlich nur ein knallroter Gabelstapler. Er hatte zwar einen Sitz, sogar mit weichem Fell, doch leider befand sich der Sitz zwei Meter über dem Boden.

»Was meinst du?«, fragte ich in der Hoffnung, dass ich mich irrte.

»Na, den schicken Gabelstapler da.«

Oma Hilde hatte sich schon in Bewegung gesetzt, und für ihre Verhältnisse machte sie jetzt Dauerlauf. Der Anblick des Gabelstaplers schien ihr neue Energie zu verleihen. Schon stand sie vor dem Trittbrett.

»Hilf mir mal, Lulu-Schätzchen.«

»Oma Hilde, nein!«

»Doch, nun mach schon. Das wird gut!«

Sie umklammerte eine Stange und kickte den Rollwagen zur Seite. Ich seufzte.

»Aber sag hinterher nicht, dass es meine Idee gewesen ist.«

»Schieben«, kommandierte sie, und ihr rechter Fuß schwebte bereits über dem Boden.

Da schüttelte ich den Kopf und gab auf. Mit aller Kraft stemmte ich mich gegen ihren Hintern. Oma Hilde keuchte zweimal, ich stöhnte. Und schließlich saß sie tatsächlich im Fahrerstuhl und sah aus, als könnte sie es selbst nicht fassen.

»Und wie geht's dir jetzt?«, fragte ich.

»Wunderbar. Und der Sitz, ganz wunderbar. Und die Aussicht.«

Sie beugte sich über das Lenkrad und umkreiste mit ihrem Finger einen grünen Knopf. »Sieh mal, dieser Gabelstapler hat sogar einen Elektromotor.«

»Tatsächlich.«

»Lulu, schau doch bitte mal, ob du den Sitz etwas tiefer stellen könntest.«

Ich fragte nicht, warum, ich war zu sehr damit beschäftigt, mir Sorgen zu machen. Jeden Augenblick erwartete ich, Herrn Klötzing um die Regalecke stürmen zu sehen. Die Schuhkartons auf dem Schreibtisch müssten ihm doch verraten, durch welche Tür wir entkommen waren. Doch wo hätte ich die Dinger sonst abstellen sollen. Und sicher gab es irgendwo einen Zweitschlüssel. Ich entdeckte zwei kleine Knöpfe, je einen mit einem Pfeil nach unten und einen mit einem Pfeil nach oben. Die Sitzhöhe ließ sich einfach elektronisch verstellen. Ich drückte auf den ersten Knopf und hielt ihn so lange, bis Oma Hilde nach unten gesurrt war. »Ausgezeichnet«, sagte sie. »Jetzt komme ich sogar an das Gaspedal. Wie gut, dass ich in meinem Leben viel Traktor gefahren bin!«

»Warum ist das gut?«, fragte ich.

Aber da hatte sie bereits den grünen Knopf gedrückt, und der Gabelstapler ruckte kurz, bevor er sich summend in Bewegung setzte.

»Lulu-Schätzchen, lauf, und nimm meinen Rollator mit!«

Und ich stand einen Augenblick nur da und sah der kleinen Gestalt nach, die auf ihrem Sitz wippte und sich von mir entfernte. Irgendwo in der Lagerhalle hörte ich eine Tür klappen und jemanden rufen. Ich schnappte mir den Rollator und rannte los. »Meine Güte, Oma, da kommt wer, mach Dampf!«

Oma Hilde fuhr tatsächlich schneller. Jetzt schaffte ich es kaum noch, mitzuhalten. Der Gabelstapler kam ein wenig vom Kurs ab und streifte ein paar Kistenreihen. Polternd stürzten sie in sich zusammen. »Oma Hilde, pass doch auf.«

Die Schritte hinter uns wurden lauter.

»Um die Ecke!«

Oma Hilde sauste eine scharfe Rechtskurve, plättete zwei leere Kartons nieder, und dann vor uns – ein großes Tor! Obwohl es so einladend wirkte wie ein Drachenmaul, schien es unsere einzige Rettung zu sein. Ein paar Sekunden lang befürchtete ich, Oma Hilde würde es nicht treffen, so wie sie in weiten Schlangenlinien darauf zuschlenkerte. Aber sie streifte nur den Torrahmen. Meine Lunge brannte, als ich ihr nachhechtete. Kaum hatte ich es über die Schwelle geschafft, stemmte ich mein Gewicht gegen die Schiebetür aus Stahl. Zum Glück war sie gut geölt, beinahe lautlos schnappte sie ins Schloss. Dann war nur noch Dunkelheit, während ein paar Meter entfernt, in Richtung meiner Nase, der Elektromotor leicht pfeifend aussurrte. Draußen trappelten die Schritte vorbei und wurden leiser. Oma Hilde kicherte. Sie gluckste, verschluckte sich einmal und kicherte wieder.

O Mann, was für eine Oma.

»Und jetzt«, sagte diese verrückte Oma, »jetzt machen wir es uns gemütlich, bis die Luft rein ist.«

Kurz darauf saß ich auf der Trittstufe des Gabelstaplers, meine Beine auf einer Kiste ausgestreckt und meinen Kopf gegen Oma Hildes kratzige Strumpfhose gelehnt. In meinem Mund schob ich einen von Oma Hildes Zitronenbonbons hin und her.

»Was meinst du, wie lange wir hier hocken müssen?«

»Noch eine ganze Weile.«

»Hm, wie wäre es denn«, schlug ich vor, »wenn du mir dann erzählst, wie ihr deinen Vater aus dem Gefängnis gekriegt habt.«

»O ja, eine gute Geschichte«, sagte Oma Hilde.

»Dann schieß mal los.«

»Also, wie war das noch mal gewesen. Ja, sie hatten Vater mitgenommen …«

»Das hattest du schon«, unterbrach ich sie, bevor sie wieder zu weit ausholen konnte.

»Hm, also dann, wir mussten alleine …«

»Hast du auch schon …«

»Na dann, mitten in der Nacht weckte uns Mutter.«

»Gut«, sagte ich und schloss die Augen. Komischerweise kann ich mit geschlossenen Augen besser zuhören, selbst wenn ringsherum, bis auf ein kleines Lichtquadrat, rabenschwarze Finsternis herrscht.

Vierzehntes Kapitel,
in dem Oma Hilde Schlittschuhe kriegt

»Es muss mitten in der Nacht gewesen sein, als Mutter uns weckte. Sie hatte kein Licht gemacht, und ich konnte nur ihre Umrisse erkennen. Sie fragte, ob wir ihr helfen wollten, Vater aus dem Gefängnis zu befreien. Oh, wie wir das wollten!

Mutter sagte, wir sollten unsere dunkelsten Kleider anziehen, und sie schwärzte uns die Gesichter mit Kohlenstaub, bis wir aussahen wie die Mohren. Als wir die Treppen hinunterliefen, ermahnte uns Mutter, leise zu sein, und mein Herz klopfte mir bis zum Hals. Draußen unter der Laterne stand ein alter Ford T, und was waren wir überrascht, als Mutter einen Bund Schlüssel aus der Tasche zog und ihn aufschloss. Sie hatte sich den Wagen von einem Nachbarn geliehen. Weder meine Schwester noch ich hatten gewusst, dass sie Auto fahren konnte, aber das konnte sie auch gar nicht. Der Wagen hopste wie ein wild gewordenes Pony. Einmal schaltete Mutter aus Versehen in den Rückwärtsgang. Nein, ich weiß wirklich nicht, wie wir lebendig diese Fahrt überstehen konnten. Aber irgendwann hielt Mutter am Straßenrand. Die Grillen zirpten, und ich schaute mich um. Da war kein Gefängnis, da war nichts: kein Gebäude, kein Haus, kein Baum, kein Licht, nur Dunkelheit und über uns Sterne.

›Und wo ist jetzt Vater?‹, fragte ich.

›Na, im Gefängnis‹, antwortete Mutter. Sie holte aus dem Kofferraum Jutesäcke, die sie an uns verteilte.

›Wir werden Vater mit den Kartoffeln herausholen‹, erklärte sie. ›Mit den Kartoffeln, die wir jetzt auf dem Feld dort unten sammeln.‹«

»Wie jetzt, Oma Hilde? Wollte deine Mutter die Gefängniswärter mit Kartoffeln k. o. werfen?«

Oma Hilde kicherte. »Oh, das wäre auch eine ausgezeichnete Idee gewesen. Aber nein, sie wollte den Wirt mit den Kartoffeln nur bestechen, damit er seine Anklage gegen Vater fallen ließ.«

»Echt?«, fragte ich. »Also, Bestechen mit Schokolade oder irgendetwas anderem Tollen kann ich mir ja vorstellen, aber mit Kartoffeln?«

»Kartoffeln waren sehr wertvoll«, erklärte Oma

Hilde. »Kartoffeln machten satt, und man konnte sie lange Zeit lagern.«

Ich rieb meinen Po, er schmerzte. Trittstufen eines Gabelstaplers waren offensichtlich nicht zum Sitzen gemacht.

»Geht's noch?«, fragte Oma Hilde.

»Wenn du weitererzählst, schon.«

»Also, meine Mutter, Martha und ich stiegen mit den Säcken auf den Acker hinab. Aber wir mussten vorsichtig sein, denn Kartoffeln von den Feldern zu klauen, war strengstens verboten. Es hätte uns nicht weitergeholfen, wenn der Rest unserer Familie auch noch im Gefängnis gesessen hätte.«

»O nein«, sagte ich und merkte, dass ich vor Aufregung ein wenig zitterte. Ich zog meine Jacke enger um mich.

»Ich kann heute noch spüren, wie die Erde unter unseren Stiefeln nachgab und dass sie sich feucht anfühlte. Der Wind blies uns um die Beine, und die Abendkühle kroch in unsere Nacken hinein. Doch nachdem wir eine Weile in der Erde nach Kartoffeln gewühlt hatten, erwachte plötzlich etwas wie Jagdfieber in mir. Ich begann, mich großartig zu fühlen. Meine Mutter, meine Schwester und ich hatten ein gemeinsames Ziel, und nichts macht einen stärker. Und dann, mein Sack war ungefähr halb mit Kartoffeln gefüllt, stießen meine Hände auf etwas. Es war biegsam, aber auch zäh, und im ersten Augenblick fürchtete ich, es sei ein totes Tier. Aber als Mutter mit ihrem Windlicht kam, sah ich, dass es nur eine große Tasche aus Leder war. Eine Tasche mitten auf dem Feld, das war schon ungewöhnlich genug. Doch noch viel größer war meine Überraschung, als ich den Reißverschluss aufzog und ein Paar Schlittschuhe entdeckte. Sie waren wunderschön. Und das mitten im Sommer!«

Ich knipste das Licht meines Handys an und leuchtete Oma Hilde ins Gesicht. Sie blinzelte kurz.

»Was, du hast deine tollen Schlittschuhe einfach auf einem Feld gefunden?«

»Nein, nicht die Schlittschuhe unter meinem Bett, andere.«

»Du hast noch mehr Schlittschuhe?«

»Wenn du aufhörst, mich ständig zu unterbrechen, erkläre ich es dir.«

Ich nickte, ließ das Licht erlöschen und lehnte mich wieder gegen ihre Beine.

»Mutter erlaubte mir tatsächlich, die Schlittschuhe zu behalten. Sie hatte zwar keine Idee, wie die Schlittschuhe aufs Feld gekommen waren, aber sie hielt es doch für unwahrscheinlich, dass der Besitzer je auftauchen würde, um sie einzusammeln. Mutter überreichte mir die Tasche so feierlich, als wäre sie das wertvollste Geschenk, das ich je bekommen hatte, und das war sie ja auch. Sie sagte: ›Im nächsten Winter wirst du über die Seen gleiten, und das ist beinahe so gut wie Fliegen.‹

Da steckte ich die Tasche in meinen Sack und sammelte weiter. Wir füllten zwei Säcke voll, einen für den Wirt und den anderen für uns. Wir waren erst fertig, als im Dorf bereits die Hähne krähten. Da spürten wir, wie erschöpft wir waren, die Müdigkeit umhüllte uns wie eine Nebelwolke. Zu Hause schafften wir es nicht einmal mehr, uns zu waschen. Nein, wir krochen ins Bett mit all dem Dreck unter den Nägeln und dem Kohlenstaub im Gesicht.«

An dieser Stelle machte Oma Hilde eine Pause. Oma Hilde machte ja gerne mal Pausen, und ich wartete, aber dann ertönte das mir nur allzu vertraute schnorchelnde Geräusch in meinem linken Ohr, und da wusste ich, dass sie schon wieder eingeschlafen war. Konnte das denn möglich sein. Ich zupfte an ihrem Ärmel.

»He, Oma Hilde, aufwachen.«

Sie schnarchte laut auf. Ich knipste meine Handylampe an. Ihr Kopf war ihr auf die Brust gesunken, ihr Mund stand offen.

»He!« Ich schüttelte sie sanft. »Du willst mich doch hier jetzt nicht alleine lassen.«

»Nur ein Minütchen«, sagte sie.

Da seufzte ich, ließ das Licht ausgehen und schloss ebenfalls die Augen. Was hätte ich auch sonst tun sollen.

Fünfzehntes Kapitel,
in dem Mama etwas panisch wird

Ich hatte meinen Schlüssel noch nicht ganz ins Schloss gesteckt, da öffnete sich unsere Haustür bereits schwungvoll. So plötzlich, dass ich kurz das Gleichgewicht verlor, in den Flur stolperte und direkt in Mamas Armen landete.

»Wo warst du? Agathe sagt, dass du schon vor drei Stunden los bist. Hast du einen Platten gehabt?«

»Nee, ich hab nur eine Pause gemacht, in einem Laden, um mich aufzuwärmen.«

Mama hielt mich an den Schultern fest, auf eine Armlänge Abstand und nickte. Dabei blickte sie mir so in die Augen, als wollte sie in den Tiefen meines Kopfes nach etwas forschen, das ich ihr verschwieg. Sie hatte gute Instinkte, das musste man ihr lassen. Es fiel mir schwer, ihr nicht alles zu erzählen: Wie Oma Hilde mit dem Gabelstapler durch die Lagerhalle gebraust war, wie sie schließlich auf dem Sitz eingeschlafen war, dass ich sie kaum wach bekommen und wie ich zum Glück den Hinterausgang entdeckt hatte. Aber es war trotzdem Schwerstarbeit gewesen, Oma Hilde zu den Taxen in der Meisengasse zu bugsieren. »Du schaffst das, immer schön ein Fuß vor den anderen, du hast schon ganz andere Dinge auf die Reihe gekriegt«, hatte ich ihr vorgebetet. Und der Taxifahrer hatte mir versprochen, gut auf sie aufzupassen und mich mit seinen sehr großen Zähnen angestrahlt. Man hatte ihm nur glauben können.

»Lulu, was ist? Woran denkst du?«

»Tut mir leid«, sagte ich.

»Und warum hast du nicht angerufen? Hast doch ein Handy.«

Ich zuckte mit den Schultern.

»Hm«, sagte Mama. »Na ja, Hauptsache, du bist wieder da. Aber jetzt muss noch Hilde auftauchen. Stell dir vor, sie ist ebenfalls verschwunden. Ungefähr eine Stunde nachdem du weg warst.«

»Oh«, sagte ich und versuchte, ein erschrockenes Gesicht zu machen.

»Ja, aber mach dir keine Sorgen, sie kann ja nicht weit sein mit ihrem Rollator. Agathe war nur kurz zur Apotheke, und als sie zurückkam, stand die Tür offen, und Hildes Sessel war leer. Aber sie finden sie!«

Mama drückte mir einen Kuss auf die Stirn.

»Komm, ich mach dir einen Kakao.«

Sie nahm mich mit in die Küche und stellte einen Topf auf den Herd. Und das liebte ich, eine warme Tasse zwischen den Händen, den süßen Dampf in der Nase, und schon ist die Welt in Ordnung. Um Oma Hilde jedenfalls machte ich mir keine Sorgen. Wer so toll Gabelstapler fahren konnte, kam in der Welt zurecht. Sicher hielt sie noch ein Schwätzchen mit dem Taxifahrer. Mamas Blick wanderte zur Uhr. Sie seufzte.

»Wieso dauert das nur so lange? Vielleicht sollte ich die Polizei verständigen.«

Mama machte sich tatsächlich Sorgen. Oma Hilde war ihr doch nicht so egal, wie ich gedacht hatte. Ich überlegte, wie ich sie beruhigen konnte, ohne zu viel preiszugeben.

»Ich glaube, das ist nicht nötig«, sagte ich. »Sicher hat sie nur jemanden gefunden, dem sie gerade was aus ihrem Leben erzählt. Oder jemand hat sie auf einen Tee eingeladen.«

»Hm, meinst du? Sie kennt doch kaum wen. Weißt du was, ich fahr kurz los, vielleicht kann ich irgendwie helfen.«

Mama verschwand und kam im Mantel zurück.

»Oma Hilde könnte doch bei uns wohnen«, sagte ich.

Die Idee war mir gerade in dem Moment gekommen, als ich sie aussprach. Sie hatte sich praktisch von alleine in meinen Kopf gepflanzt oder in meinen Mund. Und sofort zog sie einen Rattenschwanz aus Bildern hinter sich her.

»Dann könnte Oma Hilde einfach in unserem Garten spazieren gehen, wenn ihr danach ist. Da könnte sie auch nicht verloren gehen, und ihr müsstet euch nie wieder Sorgen machen. Ist ja ringsherum eingezäunt. Und sie könnte mir bei den Hausaufgaben helfen. Na ja, oder wenigstens auf Ben aufpassen und ihm Geschichten erzählen. Die hat vielleicht Geschichten drauf, das glaubst du gar nicht. Und Papa müsste nicht mehr so viel Geld bezahlen. Und …«

Mama wühlte in ihrer Tasche.

»Lulu, wir haben keinen Platz. Oder möchtest du dir ein Zimmer mit Ben teilen?«

Ich schaute aus dem Fenster. Es war so dunkel draußen, dass ich nur mein Spiegelbild und das Licht der Lampe in der Scheibe erkennen konnte. In einem Zimmer mit Ben, puh, heftig! Er würde einen Saustall daraus machen oder es in einen Zoo umbauen. Und wenn meine Freudinnen mich besuchen kämen, würde er uns allen wahnsinnig auf die Nerven gehen. Es musste doch eine bessere Lösung geben. Schließlich wohnten wir in einem riesigen Haus.

»Ben könnte doch zu euch. Das wäre viel praktischer. Dann müsstest du nie mehr die Treppe hinauf, wenn er nachts aufwacht. Und Oma Hilde hätte einen schönen Blick auf unser Vogelhäuschen im Kirschbaum. Jetzt sieht sie nur eine rothaarige Frau, die qualmt.«

»Ach, Lulu, das ist doch Blödsinn.«

»Oder in Papas Arbeitszimmer. Papa sagt doch, dass er weniger arbeiten will. Und wenn er kein Arbeitszimmer mehr hätte, dann würde das automatisch klappen. Oder wir trennen eine Ecke vom Wohnzimmer ab, du sagst doch immer, es sei viel zu groß und ungemütlich.«

Aber Mama hörte mir gar nicht mehr zu. Sie zeigte stattdessen auf zwei Tüten auf der Küchenbank. »Könntest du das bitte gleich in die Garage bringen? Es sind die alten Farben. Dann stehen sie hier nicht länger im Weg herum.«

Mama klopfte ihre Manteltasche ab und fand den Autoschlüssel.

»Und du kümmere dich um Ben, ja!? Er ist oben und spielt mit Bausteinen. Und, Lulu?«

»Ja?«

»Es ist besser so für Oma Hilde. Glaube mir.«

Als Mama zur Tür hinaus war, trank ich in Ruhe meinen Kakao. Ich behielt jeden Schluck möglichst lange im Mund, spürte dem Geschmack nach, um ihn richtig genießen zu können. Dabei schaute ich die Tüten mit den Farben an und machte mir so meine Gedanken. Schließlich stellte ich meinen Kakao auf dem Tisch ab, nahm die beiden Tüten und brachte sie in den Keller, wo ich sie unter der Treppe hinter unseren Koffern versteckte. Dann setzte ich mich wieder zu meinem Kakao und schaltete das Radio ein. Eine Hannelore hatte eine Brotbackmaschine gewonnen und schrie vor Glück. Ich überlegte, ob ich Mama oder Oma Hilde eine Brotbackmaschine zu Weihnachten schenken sollte. Brotbackmaschinen machten offensichtlich sehr glücklich. Aber mein Geld reichte ja nicht einmal für meine supertollen Inliner. Außerdem konnte ich mir nicht vorstellen, dass eine Brotbackmaschine Oma Hilde oder Mama so glücklich machen könnte, wie sie das bei Hannelore schaffte. Trug nicht jeder seine eigenen Wünsche in sich herum, irgendwo tief in seinem Bauch vergraben oder in seinem Herzen? Wusste nicht jeder selbst am besten, was das Richtige für ihn war? Und war es nicht ehrlich verrückt, dass Mama behauptete zu wissen, was das Beste für Oma Hilde sei, wo Oma Hilde doch viel älter war als sie und so viel mehr erlebt hatte.

Da wurde die Sendung unterbrochen für eine Durchsage der Polizei:

»Die Polizei bittet um Ihre Hilfe. Die ca. 90-jährige Hilde Stresemann hat ihre Adresse vergessen und fährt schon seit zwei Stunden in einem Taxi umher. Hilde Stresemann ist etwa 1,55 groß, hat rötliche Haare und große Ohren. Wenn Sie Hilde Stresemann kennen oder wissen, wo sie wohnt, melden Sie sich bitte umgehend bei der Polizei.«

Sechzehntes Kapitel,
in dem Oma Hilde vor nichts Angst hat

Vor Schreck verschluckte ich mich und setzte den Kakao ab. Ich hustete. Ich dachte, der Kaufhausdetektiv hätte die Polizei benachrichtigt und sie würden nun per Radio nach Oma Hilde fahnden. Aber dann meldete sich mein Gehirn und sagte, dass es ja Unsinn sei, eine Belohnung für jemanden anzubieten, den man bereits in einem Taxi gefunden hatte. Also, wenn sie Oma Hilde in den Knast bringen wollten, dann wäre das jetzt die beste Gelegenheit dazu.

Ich machte mich auf die Suche nach dem Telefon. Der Hörer lag neben unserem Waschbecken im Badezimmer. Ich tippte 110, es tutete zweimal, und eine Stimme nuschelte einen Namen, den ich schlecht verstand. Es war etwas wie »Grblschltzl«.

Um erwachsener zu klingen, verstellte ich meine

Stimme. Außerdem baute ich einen Akzent ein, ich hatte ihn im Urlaub letztes Jahr in Frankreich aufgeschnappt. Ich kam mir sehr raffiniert vor: »Die Fro mit den roten Aaren und den groszen Orren wohnt in der Mendelssohnstraße 15b, und zwar im Erdgeschoss, links, rechts, und dann die dritte Tür.«

Schnell drückte ich auf den roten Knopf. O ja, bevor die Stimme noch irgendwelche dummen Fragen nuscheln konnte.

Dann fing ich an, mir Sorgen zu machen, große Sorgen. Ich fragte mich, welche Überraschungen der Tag noch für mich bereithielt. Meine Eltern würden Oma Hilde Fragen stellen. Sie würden sie löchern, das konnten sie gut, besonders Papa. Ich war mir sicher, dass Oma Hilde mich nie verpfeifen würde, aber ich kannte die Hartnäckigkeit meiner Eltern, wenn es darum ging, den Dingen auf den Grund zu gehen. Über mir gab es ein lautes Krachen. Ben! Verdammt, den hatte ich ganz vergessen. Ich sprang von der Bank auf, rannte die Treppe hinauf, aber es war halb so schlimm. Ben saß mitten in einem Haufen bunter Klötze und weinte. Es war nur sein blöder Turm gewesen. Zum Glück wusste ich, wie man ihn da trösten konnte.

»Magst du einen Film gucken, Ben?«

»Ja, ja, Film!«

Ben ruderte vor Freude mit seinen Ärmchen in

der Luft. Ich nahm ihn auf den Arm und schleppte ihn in Papas Arbeitszimmer. Dort setzte ich ihn in den Drehstuhl und legte ihm eine Tom-und-Jerry-DVD ein, die lange Version mit zwölf Folgen, sie dauerte drei Stunden. Das würde mir Zeit zum Nachdenken verschaffen.

»Hunger«, sagte Ben. Ich flitzte nach unten und holte drei Bananen aus dem Obstkorb. Und wo war die Schokolade? Im Versteck hinter den Tassen. Ich fand zwei Tafeln und türmte alles auf einen Teller. Ben grapschte sich sofort Banane und Schokolade gleichzeitig. So, ich ließ mich neben ihn auf den Boden sinken. Dann rockte mein Handy drüben in meinem Zimmer.

»Schön lieb sein«, sagte ich zu meinem Bruder. Ich fand das Handy auf meinem Schreibtisch. Auf dem Display erkannte ich Papas Nummer. Da bekam ich richtig Muffensausen.

Meine Stimme klang sogar in meinen Ohren nach schlechtem Gewissen, viel zu hoch, als ich mich meldete. Doch ich hätte mir das Herzklopfen sparen können. Papas Antennen für schlechtes Gewissen waren nicht ausgefahren, und Oma Hilde hatte dichtgehalten.

»Wir haben sie gefunden! Sie kam mit dem Taxi. 180 €, weil sie ihre Adresse vergessen hatte.«

Papa klang so frisch, als hätte er eben eine Dusche

genommen. Er lachte, was mich wunderte, normalerweise bekommt er schlechte Laune, wenn man zu viel Geld wegen Dummheit ausgibt. Aber schon lieferte er die Erklärung dafür.

»Zum Glück konnte sie alles selbst bezahlen. Sie hat einen Strumpf unter der Matratze, der ist voller Geld. Wusstest du das? Ihre gesamten Ersparnisse, so was Verrücktes. Ich habe ihr natürlich erklärt, dass es dafür Banken gibt.«

»Und wo ist Oma Hilde gewesen?«

Ich wusste, diese Frage war riskant – riskant, aber nicht lebensmüde, denn jede Wette hatten meine Eltern Oma Hilde diese Frage bereits selbst gestellt.

»Sie war Weihnachtsgeschenke kaufen.«

»Wow«, sagte ich.

Papa verstand »wo«.

»Na, keine Ahnung, wo. Es soll eine Überraschung werden, hat sie gesagt.«

Mann o Mann, diese Oma hatte es voll drauf. Endlich verstand ich, was der Spruch »Wolf im Schafspelz« bedeutete. Ihre knittrige Haut, ihr wackliger Gang, alles Tarnung. Und keiner machte sich die Mühe nachzuschauen, was sie darunter so zu bieten hatte. Auf jeden Fall jede Menge Tricks und auch kriminelle Energie, o ja. Das Leben hatte sie mit allen Wassern gewaschen, und nur weil sie alt und unschuldig aussah, glaubte man ihr jedes Wort.

Dann sagte Papa, dass er mit Mama noch kurz was essen gehen würde, es gäbe einiges zu besprechen. Er bat mich, für Ben Abendessen zu machen, und ich dachte an Bens Schoko-Bananenmenü und sagte, das sei längst erledigt.

Papas »Tschau« klang noch in meinem Ohr, da tippte ich bereits Oma Hildes Nummer in den Hörer. Es dauerte, zehn- bis zwölfmal mindestens tutete es. Sicher lag sie bereits im Bett. Ich stellte sie mir vor, wie sie sich in ihren Kissen mit Mühe auf die Seite drehte, erst nach ihrer Brille tastete und dann nach dem Hörer. Hoffentlich fand sie den richtigen Knopf.

»Stresemann«, meldete sie sich.

»Hey«, sagte ich.

»Wer ist Hey?«, fragte sie.

»Du machst ja Sachen.«

Es raschelte, Kissenrascheln, und Oma Hilde kicherte. Ich mochte ihr Kichern. Es kicherte sich irgendwo tief aus ihrem Bauch heraus und gluckste sich in kleinen Hüpfern nach oben.

»Lulu, du bist's. Sag das doch gleich. Ich fing gerade an, mich ein wenig einsam zu fühlen. Das ist immer so. Erst sind so viele Menschen da, und dann fällt einem die Stille besonders auf. Aber ich hatte wieder so einen netten Taxifahrer.«

Während Oma Hilde vor sich hinplapperte,

schlüpfte ich aus Schuhen und Hose und kroch unter meine Decke. Durch die Wand hörte ich das Lachen von Maus Jerry, nachdem sie Kater Tom zum Narren gehalten hatte.

»Der hieß Juan und kommt aus Afrika. Er hat seine Familie seit zwei Jahren nicht gesehen. Jeden Monat schickt er ihnen Geld, damit seine Kinder zur Schule gehen können. Aber er vermisst sie so sehr.«

»Na, heute hat er wenigstens ordentlich verdient«, sagte ich. »Hast du keine Angst gehabt?«

»Angst? Wo denkst du hin, Lulu-Schätzchen. In meinem Alter hat man vor gar nichts mehr Angst. Da weiß man, dass alles früher oder später vorüberziehen wird, so wie die düstersten Wolken am Himmel.«

Darüber musste ich nachdenken. Ich drehte mich auf die andere Seite und betrachtete meinen Schatten an der Wand. Er hätte auch ein fettes Ungeheuer sein können, bereit, mich in die Welt der Schatten zu saugen. Ein Ungeheuer, das morgen mit dem Tageslicht verschwunden sein würde. Genügte es wirklich, zu wissen, dass alles, was einem Angst machte, von alleine verschwinden würde? Und was war mit den Dingen, die nicht einfach vorüberzogen, sondern endgültig waren?

»Hast du nicht mal Angst davor, tot zu sein?«, flüsterte ich.

»Wie bitte?«

»Tot – zu – sein?«

»O nein, ganz besonders davor nicht.«

Ich hatte Angst vor dem Tod, und ich dachte, jeder hatte das. Auch wenn der Tod vielleicht nur eine Art Umzug war – von der Erde in den Himmel oder wohin auch immer. Ich war noch nie in meinem Leben umgezogen, und es würde mir auch nicht gefallen, es würde mir Angst machen. Aber Oma Hilde war ja ans Umziehen gewöhnt.

»Ich weiß, das kannst du dir nicht vorstellen, weil du jung bist, weil deine Geschichte noch nicht zu Ende ist.«

»Was für eine Geschichte?«, fragte ich.

»Die Geschichte deines Lebens. Du warst doch schon mal im Theater, und so lange das Stück gespielt wird, würde es dir nicht gefallen, den Saal zu verlassen. Aber irgendwann, wenn du die ganze Geschichte gesehen hast, das Traurige und das Schöne, wenn die Abenteuer ihr Ende gefunden haben und der Held seine Aufgabe erfüllt hat, dann ist es in Ordnung, dass sich der Vorhang schließt. Und wenn du Glück hast, darfst du noch ein wenig sitzen bleiben, die Geschichte in dir nachklingen lassen und dich reich und voll fühlen.«

»Hm«, mehr fiel mir dazu nicht ein. Ich musste in Ruhe darüber nachdenken. Aber nicht mehr heute.

Ich fühlte mich zu müde dafür. O ja, die Müdigkeit hatte mein Hirn bereits weitestgehend zugedeckt, mein Zustand reichte noch gerade so zum Zuhören.

»Deine ist auch noch nicht zu Ende erzählt, Oma Hilde.«

»Wie?«

»Na, ich weiß immer noch nicht, wo du eigentlich deine Schlittschuhe her hast.«

»Ach so.« Oma Hilde lachte. »Na, da bleibt mir wohl nichts anderes übrig …«

»So ist es«, sagte ich.

Siebzehntes Kapitel,
in dem sich Oma Hilde verknallt

Dieses Mal dauerte es ganz schön, bis Oma Hilde anfing zu erzählen. Wenn man mit seinen Gedanken 70 Jahre in die Vergangenheit reisen muss, ist es ja klar, dass es etwas Zeit braucht, bis man dort ankommt. Ich hatte mich in meine Decke gekuschelt und dachte gerade, jetzt ist Oma Hilde eingepennt, da legte sie doch noch los.

»Am nächsten Morgen wachte ich erst auf, als die Sonne in unser Zimmer schien. Das bedeutete, es ging bereits auf Mittag zu, denn vorher schaffte sie es nie über die Fabrikschornsteine gegenüber. Ich schüttelte meine Schwester am Arm.

›Was denn?‹, fragte sie, aber dann fiel ihr alles wieder ein, und wir rannten in die Küche. Und tatsächlich, unsere Mutter hatte es geschafft. Da saß Vater am Tisch und trank seinen Kaffee, aber rasiert hatte er sich noch nicht. Verwegen sah er aus, und wir fragten ihn Löcher in den Bauch, wie es gewesen war im Gefängnis und was es zu essen gegeben hatte. Oh, alles wollten wir wissen, aber Vater sagte nur, dass er noch nie so froh gewesen sei, mit uns hier in der Küche zu sitzen, wie an diesem Morgen. Er kriegte Mutter an der Schürze zu fassen und zog sie zu sich. Er hielt sie, als wollte er sie nie wieder loslassen.

Und dann schlug er die Zeitung auf, und ich sah es gleich. Oben auf der Seite waren Schlittschuhe abgebildet, ganz groß. Sie standen in einer Halterung auf einem Sockel. Ich brauchte den Text gar nicht zu lesen, um zu wissen, dass es meine waren. Auch wenn ich sie nur kurz im Licht der Taschenlampe gesehen hatte, ich spürte es einfach. ›Diebstahl in der Olympiahalle‹ stand darüber, dick und schwarz. Darunter gab es noch ein Foto, ein kleineres, mit einem Mädchen, sie war kaum älter als ich und trug einen sehr kurzen Rock mit Rüschen. Sie hatte die Schlittschuhe an und war mit ihnen in die Luft gesprungen, dabei hatte sie die Arme hochgerissen. Vater erklärte mir, sie hieße Sonja Henji, sie hätte gerade bei der letzten Winterolympiade die ganze Welt verzaubert. Und jetzt hatte jemand ihre berühmten Schlittschuhe gestohlen, aus der Vitrine, in der sie ausgestellt gewesen waren. Dem Nachtwächter sei der Mann mit der großen Tasche gleich verdächtig vorgekommen, und man hatte die Verfolgung aufgenommen, aber seine Spur verloren.

›Gleich wirst du Augen machen, Vater‹, rief ich. Und dann lief ich zu dem Sack neben dem Herd, doch ich konnte meine Schlittschuhe nicht finden. Ich versuchte, meine Hände ganz tief zwischen die Kartoffeln zu schieben, tastete nach dem Leder, nach den Kufen, doch ich fühlte nur Erde und Staub an meinen Fingern. Meine Schwester half mir, wir leerten den Sack auf dem Boden aus, wir ließen die Kartoffeln auseinanderkullern. Aber da waren keine Schlittschuhe. Mama hatte den falschen Sack zum Lampenwirt gebracht.«

»O nö. Das gibt's doch nicht«, sagte ich. Aber Oma Hilde kicherte.

»Ja, dann hast du den Sack also wiederbekommen? Musstest du die Schlittschuhe Sonja zurückgeben?«

»O nein«, sagte Oma Hilde. »Wir trafen den Lampenwirt erst am nächsten Tag an. Und da hatte er den Kartoffelsack bereits beim Metzger gegen ein halbes Schwein getauscht. Und der Metzger hatte zwar die Schlittschuhe gefunden, aber sie gleich seiner Frau gegeben, und die hatte sie zum Schuster gebracht, damit der ein paar winterfeste Schuhe für ihre Tochter daraus fertigen konnte.«

»Ja, seid ihr dann nicht schnell noch zum Schuster?«

»Doch, selbstverständich, aber da war nichts mehr zu machen. Er hatte die Kufen bereits gegen ein paar feste Sohlen getauscht, und die Metzgerstochter brauchte die Schuhe so sehr. Mein Vater versprach mir, andere Schlittschuhe zu besorgen, sobald nur das Geld dafür reichte. Natürlich reichte es nie. Schlittschuhe sind ein überflüssiger Schnickschnack, wenn der ganzen Familie der Magen knurrt. Aber von da an schwärmte ich für Sonja Henji. Ich schnitt ihre Fotos aus Zeitungen aus, tapezierte damit die Wand neben meinem Bett. Sie wurde zu meiner Heldin, sie wurde das Mädchen, das ich in meinen Träumen gerne war. Sonja gewann eine Medaille nach der anderen, heiratete ein paarmal, sie holte Gold bei der Weltmeisterschaft in Berlin und ging nach Hollywood, wo sie ein Filmstar wurde. Und dann kam mein neunzehnter Geburtstag.«

»Ah, und da hast du dann endlich deine Schlittschuhe bekommen?«

»Nein, da habe ich Horst kennengelernt.«

»Horst, wer ist Horst?«

»Na, Horst.«

»Ach so«, sagte ich, obwohl ich rein gar nichts verstand. Da polterte es. Dumpf drang es durch die Wand zum Arbeitszimmer.

»Erzähl mir das gleich, Oma, ich muss mal kurz nach Ben sehen.«

Ich wühlte mich aus meiner Decke und lief in den Nebenraum. Ben saß noch immer kerzengerade auf Papas Bürostuhl und starrte auf den Bildschirm wie hypnotisiert. Der Teller war ihm von den Knien gerutscht. Er war aber heile geblieben, und leer war er anscheinend auch gewesen. Also alles halb so schlimm. Zwei Sekunden später lag ich erneut unter meiner Bettdecke.

»Oma Hilde, bin wieder da. Also, was hast du zum Geburtstag bekommen?«

»Einen Hut mit einer Hühnerfeder von meiner Mutter.«

»Nur einen Hut?« Ich gähnte.

»Und von Vater einen Umschlag mit zwei Kinokarten.«

»Na, das klingt doch schon besser.«

»Besser! Das war wunderbar! Kino war damals etwas ganz Besonderes. Bewegte Bilder gab es noch nicht so lange. Viele waren noch nie in einem Kino gewesen, und mein Vater wollte mit mir hingehen und dann auch noch in den Film ›One in a million‹. Oh, wie habe ich mich darüber gefreut. Ich weiß noch, dass ich vor Aufregung um unseren Küchentisch sprang wie ein aufgescheuchtes Kaninchen. Denn Sonja würde die Hauptrolle spielen, und ich hatte gelesen, dass sie mindestens die Hälfte der Zeit darin Schlittschuh lief.«

»Toll«, sagte ich.

»O ja, das war es, und das Kino war nur zwei Dörfer weiter. Der Betreiber hatte den Film durch gute Beziehungen zu einem ehemaligen amerikanischen Spion und für zwei Flaschen Wodka bekommen. Es war klein, hatte aber bequeme Sessel und roch süßlich nach Mottenkugeln. Viele Plätze waren schon belegt, und ein paar Besucher erhoben sich, um uns in unsere Reihe zu lassen. Und dann sah ich zum ersten Mal Horst. Er stand als Letzter auf. Er war ein schöner Mann, der nach einem aufregenden Haarwasser duftete. So aufregend, dass ich mich am liebsten gleich neben ihn gesetzt hätte, aber Vater griff meinen Arm und schob mich einen Platz weiter. Und dann vergaß ich den Fremden erst einmal und hatte nur noch Augen für Sonja Henji. Denn es war ja das erste Mal, dass ich sie überhaupt Schlittschuh laufen sah. Oh, Sonja lief nicht, sie trippelte, sie hüpfte, sie wirbelte über das Eis. Sie vollbrachte Dinge, die ich nicht für möglich gehalten hätte. Und da hörte ich meinen Vater plötzlich zu dem Herrn sagen, der so aufregend roch, ›Wippen Sie doch nicht so.‹

›Oh, Verzeihung, wippe ich?‹, hörte ich die Antwort. Und ich weiß noch, dass ich die Stimme des Herrn genau so aufregend fand wie seinen Geruch.

›Ja, mit Ihrem Fuß, da wippen Sie, das macht mich ganz nervös.‹

Und der Herr entschuldigte sich höflich und sagte, dass er das selbst nicht bemerkt hätte.

›Dann merken Sie es sich ab sofort‹, sagte mein Vater.

Und darauf sagte der Herr: ›Ich werde mir Mühe geben. Aber, wenn ich mir die Bemerkung erlauben darf, es ist schwer, sich etwas zu merken, was man bemerken soll, wenn man es nicht merkt.‹

Für einen Augenblick vergaß ich den Film. Ich musste mir auf die Lippe beißen, um nicht loszuprusten. Und von da an war ich mir nicht mehr sicher, was mich mehr faszinierte, Sonja Henji oder der Herr zu Vaters Rechten. O ja, ich fand ihn so aufregend, dass ich am Ende meine Handtasche vergaß. Ich ließ sie einfach unter dem Sitz liegen. Es sollte drei Tage dauern, bis …«

Da mischte sich in ihre Stimme ein langgezogenes Rauschen, das in einem dumpfen Knall endete.

»Oma Hilde?«, fragte ich. »Oma Hilde, alles in Ordnung mit dir?«

Die Leitung schien tot. Ich setzte mich auf und umklammerte mit beiden Händen den Hörer.

»Oma Hilde!«

Die Stimme, die mir antwortete, klang so, als käme sie aus einem anderen Raum.

»Mir ist der Hörer aus dem Bett gefallen. Lulu, hörst du?«

»Ja.«

»Und ich schaffe es nicht mehr, ihn heute Abend aufzuheben. Wir sehen uns Dienstag. Träume süß von sauren Gurken.«

Ich dachte noch über die sauren Gurken nach und warum ich ausgerechnet von diesen klebrigen Dingern träumen sollte. Es gab sie an unserer Tankstelle für zehn Cent. Da hörte ich unten die Haustür.

»Ben«, fuhr es in meinen Kopf und in mein schlechtes Gewissen hinein. Verdammt, Mama hasste es, wenn ich ihn vor dem Computer oder Fernseher parkte. Außerdem musste er um diese Zeit eigentlich längst im Bett sein. Aber es war zu spät. Ich hörte bereits die Stufen unserer Holztreppe knarren. Vermutlich hatte sie längst die Hilfeschreie von Maus Jerry auf der Flucht vor Kater Tom geortet. Ich konnte nichts mehr retten, nur noch mich, also knipste ich das Licht aus und baute mir eine Festung aus Kissen, Gesicht zur Wand und Decke über den Kopf. Ein kleines Luftloch gönnte ich mir, dort, wo Mama es nicht sehen konnte. Ich musste gar nicht lange ausharren, da ging bereits meine Tür.

»Lulu, was soll das? Ich weiß, dass du nicht schläfst!«

›Das ist sicher ein Bluff‹, dachte ich.

»Luise Stresemann, ich weiß, dass du nicht schläfst, weil dein Teddybär auf dem Fußboden liegt, und ohne Teddybär kannst du nicht schlafen!«

Ich seufzte, denn Mama hatte leider recht. Auch wenn es mir echt peinlich war, weil ich doch schon elf bin, aber ohne meinen Bären konnte ich tatsächlich nie einschlafen.

»Ich will, dass du dir Ben anschaust.«

Mamas Stimme bebte. »Jetzt sofort.«

Also setzte ich mich auf. Ben bot einen Anblick, der sich durchaus lohnte. Sein Mondgesicht sah aus wie ein Nutella-Bananen-Crêpe, nur dass die Kokosraspeln fehlten, die ich gerne mitbestellte.

»Nennst du das Verantwortungsbewusstsein? Setzt deinen Bruder vor dem Computer ab. Und schläfst.«

Ich hatte ja nicht geschlafen, aber ich hielt meinen Mund. Ich wusste, dass es besser war, in Deckung zu gehen und Mamas Geschimpfe über mich hinwegtösen zu lassen wie eine Riesenwelle, anstatt dagegen anzukämpfen.

»Er hätte vom Stuhl kippen können! Er hätte an Schokolade ersticken können. Er hätte mit seinen Bananenfingern in die Steckdose fassen können und …«

»Jaaaaaa …«, unterbrach sie Ben.

»Genau«, sagte Mama.

»Ja, Ben muss mal«, sagte Ben.

»Auf die Toilette, mein Süßer?«

»Nee!«

Ben zeigte auf seinen Mund.

»Da raus«, sagte er.

Dann blähten sich seine Backen, und Mama verschwand ganz schnell mit ihm Richtung Bad. Die Geräusche, die kurz zu hören waren, klangen, als hätten die beiden keine gute Zeit dort über der Kloschüssel. Mir wurde ein wenig übel schon alleine vom Zuhören. Bevor ich die Decke wieder zurück über meinen Kopf zog, holte ich meinen Teddybären in mein Bett.

Achtzehntes Kapitel,
in dem wir Oma Hildes Welt bunter machen

»Wir sollen heute alles absagen, nur um diese Oma zu besuchen?«

Belinda schaute mich mit Augen groß wie Pflaumen an.

Marlies hockte neben mir auf der Heizung.

»Ist das denn überhaupt erlaubt? Warum malst du ihr nicht einfach ein hübsches Bild?«

»Nur ein Bild ist nicht genug für diese Oma.«

Wir hatten uns auf dem Mädchenklo verabredet. Es war der wärmste Raum in der Schule und der sicherste. Hier wurde man nie von Lehrern gestört, denn die hatten ihr eigenes Klo, und das war auch schicker. Ein Wasserhahn tropfte, und unter den Klotüren hatte sich Toilettenpapier hervorgerollt.

»Oma Hilde ist immer so nett zu mir, und da hat sie sich das wirklich verdient.«

»Wir sind auch nett zu dir!«

»Stimmt, und deswegen helft ihr mir ja auch.«

Wasser rauschte durch eine Leitung, vermutlich hatte jemand drüben in der Jungstoilette die Spülung gedrückt.

»Aber heute Mittag gibt es bei uns Rotkohl und Würstchen«, sagte Belinda.

»Bei Oma Hilde gibt es Essen auf Rädern«, sagte ich. »Das ist was ganz Besonderes. So etwas kriegst du nicht jeden Tag.«

»Hm, na ja«, machte Belinda.

Und Marlies sagte: »Na gut, aber nur weil ich es toll finde, wie du dich um deine Oma kümmerst. Du bist eine richtig gute Kümmererin.«

Ich strahlte. »Kümmererin«, das Wort gefiel mir. Es war Heilsalbe für mein Selbstbewusstsein. Meine Eltern hatten nämlich wegen der Sache mit Ben gestern einen richtigen Affentanz aufgeführt.

Es war kurz nach halb zwei, als wir an der Haustür der Mendelssohnstraße 15b ankamen. Ich wusste, dass Oma Hilde und Agathe jeden Mittag um diese Zeit ihr Schläfchen hielten. Das hatte ich so geplant. Es würde die Aktion erleichtern. Ich stellte kurz die Tüten ab, meine Hände schmerzten vom Tragen. Dann drückte ich mit meiner Schulter gegen die Tür, die wie immer nur angelehnt war.

»Hereinspaziert«, sagte ich. Marlies huschte augenblicklich ins Warme, aber Belinda konnte ich kaum von den vielen Klingelknöpfen wegbekommen.

»Meine Güte, so viele Leute, alle in einem Haus. Da ist sicher mächtig was los.«

»Geht«, sagte ich. »Hier ist es eher so still wie auf einem Friedhof. Und nun kommt.«

Unsere Schritte hallten den Hausflur entlang, und Belinda reckte ihre Nase in die Höhe und schnupperte. »Riecht nach Essen. Kartoffelbrei mit Spiegelei, würde ich tippen. Und dahinten gibt es irgendetwas mit Schnitzel.«

»Siehst du, habe ich doch gesagt. Das reinste kulinarische Paradies.«

Ich fand den Schlüssel unter der Fußmatte. Bevor ich aufschloss, drehte ich mich noch zu Marlies und Belinda um und legte den Finger auf die Lippen. »Nicht vergessen, leise. Es soll schließlich eine Überraschung werden.«

Meine Freundinnen nickten, und dann standen sie in Oma Hildes Apartment und schauten sich um. Ich folgte ihren Blicken und versuchte, Oma Hildes Welt mit den Augen meiner Freundinnen zu sehen. Heute sah es besonders trostlos aus: der leere Sessel mit der gefalteten Decke, der Kaktus auf dem Tisch, die Wand ohne ein Bild. Das Zimmer war genauso farblos wie der November draußen vor der Tür. Und an der Wand, in dem großen Bett, lag klein und knittrig Oma Hilde, die Hände über der Decke gefaltet und den Mund halb offen.

»Ist sie tot?«, flüsterte Belinda.

»Quatsch«, sagte ich.

»Sonst würde sie ja nicht schnarchen«, sagte Marlies.

»Stimmt«, sagte Belinda. »Kann man ihr Alter an den Falten abzählen?«

»Das geht nur bei Bäumen«, sagte Marlies.

»Du musst auch immer alles besser wissen. Und wo ist jetzt das Essen?«

Ich führte meine Freundin zum Kühlschrank. Alles, was darin zu finden war, war ein Päckchen Diätmargarine, eine Flasche Kefir und ein Schälchen Sauerkraut. Belinda schaute, als wäre sie in einen Haufen Kuhmist getreten.

»Ich will das tolle Essen auf Rädern. Und nicht diesen Kram da.«

»Gut«, sagte ich und schaute in den Mülleimer. Ich entdeckte die Aluschale. Oma Hilde hatte wie immer nicht alles aufgegessen. Die Reste hätten auch Katzenfutter sein können. So rochen sie, und so sahen sie aus.

»Das ist doch wohl ein Witz, Lulu. Sag, dass das ein Witz ist.«

»Pscht, nicht so laut.« Ich schaute zu Oma Hilde, sie grunzte kurz. »Ich kaufe dir ein paar Kekse, sobald wir angefangen haben.«

»Kekse! He, ich habe jetzt Hunger, und zwar großen! Und ein paar Kekse genügen da nicht. Ich will eine Schwarzwälderkirschtorte – mindestens.«

Belindas Ohren waren rot angelaufen, ein sicheres Zeichen dafür, dass es brenzlig wurde. Jetzt musste mir schleunigst etwas einfallen.

»Momentchen!«

Ich durchsuchte die Taschen meines Rucksacks, meine Hände stießen auf Brotpapier, das Brötchen von gestern. Ich zog es hervor. Belinda packte es aus und nickte. »Da ist ja Nutella drauf.«

Sie biss hinein. »Okay, aber nachher kaufst du mir den Kuchen, verstanden?«

»Klar«, sagte ich. Oje, diese Aktion würde mein ganzes Taschengeld verschlingen. Ich verscheuchte den Gedanken. »Dann lasst uns mal anfangen.«

Als Erstes verteilten wir auf dem gesamten Boden Zeitungen, damit wir nichts vollkleckerten. Es gab genügend davon im Zeitungsständer neben dem Fernsehschrank. Tesafilm hatte ich auch mitgebracht, und wir klebten die Seiten der Illustrierten zu einem schönen bunten Tratsch- und Klatschteppich zusammen — wie ihn Marlies nannte. Nun brauchte sich Oma Hilde nur über ihre Sessellehne zu beugen und konnte zum Beispiel lesen, was die schwedische Königin Silvia zum Frühstück verspeiste, nämlich Bircher Müsli.

»Das ist schon viel hübscher hier«, sagte Belinda. Man merkte gleich, dass sie etwas im Magen hatte, ihre Laune war wieder besser.

Ich nickte. »O ja, eine Renovierung lohnt sich immer.«

Wir fassten alle drei gemeinsam an, um den Schreibtisch von der Wand zum Fenster zu tragen. Oma Hilde grunzte auf zwischen zwei Schnarchtönen, aber nur leise, und sie behielt die Augen geschlossen.

»Und wo sind jetzt die Farben?«, fragte Marlies.

»Die Tüten stehen unter der Garderobe.«

Insgesamt hatte ich zwölf Farbtöpfe und Flaschen herangeschleppt. Wir hebelten die Farbtöpfe mit Messern auf, die wir in Oma Hildes Küchenschublade fanden, und mit einem Kochlöffel rührte ich solange, bis sich die Farbe mit dem Farböl zu einer streifenfreie Brühe vermengte. Nur mit dem Blau gab es Probleme, weil der Deckel nicht richtig geschlossen hatte und die Farbe zu einer blauen Kruste vertrocknet war.

»Dann malen wir den Himmel eben rosa«, sagte Belinda. »Rosa finde ich sowieso schöner.«

Ich verteilte die Pinsel, und dann gaben wir

alles. Leider war ich schon im Kindergarten keine Leuchte darin gewesen, etwas Beeindruckendes auf Blätter zu bringen, geschweige denn auf Wände. Und Marlies war auch keine Hilfe. Sie hielt den Pinsel wie einen Bleistift, mit dem sie eine Rechenaufgabe lösen wollte. Zum Glück hatten wir Belinda dabei. Ihr Pinsel tanzte über die Wand wie eine Primaballerina. Während wir Kühe malten, die auch Giraffen hätten sein können, oder Ziegen, die mein Bruder höchstens für Meerschweinchen gehalten hätte, zauberte Belinda ganze Tierherden auf die Wand: Kühe, Schafe, Esel und sogar Kamele. Und sie malte Bäume und Blumen und Hütten mit grünen Fensterläden, einen Mann in Lederhose, die Sonne und den Mond. Marlies und ich ließen unsere Pinsel sinken und schauten ihr zu. Belinda sprach kein einziges Mal mehr über das Essen, nein, sie sprach überhaupt nicht mehr. Sie war in die Welt eingetaucht, die sie gerade erschuf. Da tippte mich Marlies an und zeigte knapp an meinem Ohr vorbei. Ich drehte mich um, und dort saß Oma Hilde sehr aufrecht im Bett. Ihr Mund stand offen, aber sie gab keinen Laut von sich. Plötzlich kam mir ein schrecklicher Gedanke. Was, wenn Oma Hilde gar keine bunten Wände mochte? Ich meine, nur weil sie ihren Bergblick vermisste, musste das ja nicht bedeuten, dass sie sich über eine Almwiese auf ihrer Wand freute. Außerdem hatten wir beim Aufhebeln eins ihrer Messer zerbrochen, und in der Obstschale schwamm nun eine Pfütze Farbe. Wir hatten die Schüssel zum Mixen benutzt. Marlies fasste Belinda am Arm, damit sie mal Pause machte, und dann schauten wir alle drei Oma Hilde an, als säße sie auf einer gezündeten Bombe. Wir warteten auf die Explosion, aber die kam nicht. Dafür zog sich Oma Hildes Mund in die Breite, und alle Falten, die sie zu bieten hatte, malten sich noch tiefer in ihr Gesicht. Und dann lachte sie los. Sie lachte und trommelte mit ihren Fäustchen auf die Bettdecke.

»Das ist ja ein dolles Ding, ein dolles Ding!«

Sie war ganz aus dem Häuschen, und sie brauchte etwas, bis sie sich wieder beruhigte. Schließlich bat sie um ein Glas Wasser und ein Taschentuch, womit sie sich die Augen trocken tupfte.

»Fehlt nur noch der Supermarkt«, sagte sie.

»Der Supermarkt?«, fragten wir im Chor.

»O ja! Einen Supermarkt, gleich um die Ecke, dann muss ich die Einkaufstüten nicht mehr so weit schleppen.«

Belinda, Marlies und ich guckten uns an. Aber Oma Hilde hatte noch mehr Wünsche.

»Und eins dieser modernen Ärztehäuser. Und vielleicht ein Café mit Sonnenschirmen, damit es schattig ist, und mit bequemen Stühlen, nicht mit so Holzbänken.«

Da nickte Belinda und malte, was Oma Hilde sich so wünschte. Und es war nicht zu übersehen, dass Oma Hilde von Belindas Talent ebenso begeistert war wie wir. Für mich hatte sie keinen Blick mehr. Und auch wenn ich mich freute, dass ihr meine Freundinnen offensichtlich gefielen, tat es einen kleinen Stich Eifersucht in meinem Herzen.

»Ich mache mich dann mal auf die Suche nach einer Bäckerei«, sagte ich.

Draußen wehte ein eisiger Wind, und ich steckte die Hände tief in die Taschen. Ich schlurfte durch das Laub, in das der Wind fasste und es durcheinanderwirbelte. Zwei Blocks weiter fand ich eine Konditorei Siebrecht. Leider fehlte eine Schwarzwälderkirschtorte in der Auslage. Dafür gab es Schneemänner mit Schokohüten und Engelchen aus Marzipan.

»Na, was ist jetzt?«, fragte die runde Verkäuferin mit der Schürze. »Wenn du nur gucken willst, dann hock dich vor den Fernseher.«

Als ich zehn Minuten später wieder die Tür zu Oma Hildes Apartment aufschloss, hörte ich gleich, dass die Stimmung prächtig war. Die drei sangen etwas wie »Auf der Alm, da gibt's ka Sünd«. Ich legte das Kuchenpaket auf das Schuhschränkchen und rief: »Bin wieder da«, aber niemand reagierte. Also ging ich ins Zimmer, um nachzuschauen, was los war. Oma Hilde trug einen Hut aus Zeitungspapier, hatte einen lila Punkt auf der Nase und einen Strich auf der Stirn. Meine Freundinnen mussten sie irgendwie aus dem Bett in den Sessel verfrachtet haben. Dann hatten sie das gesamte Oma-Sessel-Paket nah vor die Wand geschoben. Oma Hilde summte jetzt und versuchte, etwas mit einem Pinsel auf die Wand zu tupfen.

»Ein Kamel, das wird ein lila Kamel«, erklärte sie mir. »Lila ist meine Lieblingsfarbe.«

»Schön, dass du Spaß hast«, sagte ich.

»O ja, so wie schon seit vierzig Jahren nicht mehr, als ...«

Ich sollte nie erfahren, was Oma Hilde vor vierzig Jahren so viel Spaß gemacht hatte, denn in diesem Augenblick öffnete sich die Tür. Wir merkten es nur, weil plötzlich kühle Luft in den Raum zog. Außerdem fiel ein Schatten auf Oma Hilde und das Bild an der Wand – so, als wären Wolken über der Alm aufgezogen. Wir drehten alle unsere Köpfe nach links. Dort stand Agathe im Türrahmen. Sie füllte ihn fast vollständig aus. Und sie schaute wie hypnotisiert die Wand an. Sie setzte an, um etwas zu sagen, ließ es dann aber bleiben und lehnte sich gegen das Holz des Türrahmens. Wie in Zeitlupe

rutschte sie an ihm hinunter, bis sie am Boden an-
kam. Dort sagte sie etwas wie »Ucks«, dann kippte
ihr Kopf zur Seite. Sie sah aus, als wäre sie eingeschlafen.

Neunzehntes Kapitel,
in dem Agathe wiederbelebt wird

»Ist sie tot?«, fragte Belinda. Meine Freundin war
weiß geworden. Fast wie die Wand, bevor wir sie be-
malt hatten. Kurz befürchtete ich, sie würde ebenfalls zusammensacken und sich neben Agathe legen.

»Es sind nicht immer alle tot, die schlafen«, sagte
Marlies.

Sie fühlte bereits Agathes Puls. »Sie ist nur ohn-
mächtig, Schock vermutlich. Wir müssen sie in die
stabile Seitenlage legen. Kommt, helft mal.«

Sie hatte es mit der Stimme einer Kranken-
schwester gesagt, die jeden Tag Halbtote und Blut-
überströmte vor dem letzten Atemzug rettete. Wir
wälzten Agathe auf die Seite, bis sie so stabil lag, dass
Marlies zufrieden war. Oma Hilde reichte mir ihr
Rückenkissen, und ich schob es Agathe unter den
Kopf.

»Lulu, ruf mal 112 an«, sagte Marlies. »Belinda, leg ihr mal eine Decke über.«

Es dauerte elf Minuten von meinem Notruf an, bis man das Getrappel von Schritten auf dem Flur hörte. Ich hatte genauso in den Hörer gesprochen, wie wir es in der Schule geübt hatten, mit Name, Straße, Hausnummer, sogar an die Nummer des Apartments hatte ich gedacht. Ich öffnete die Tür, bevor jemand klingeln konnte, denn ich war froh, endlich etwas Nützliches tun zu können. Draußen standen zwei Männer mit großen Koffern in der Hand. Der eine hatte einen dicken Bauch und der andere eine Glatze.

»Hallo«, sagte ich. »Die Patientin befindet sich immer dort entlang.«

Ich wies ihnen die Richtung. Die Männer eilten auf Oma Hilde zu. Mit einem Klacken sprangen die Verschlüsse ihrer Koffer auf. Sie legten Oma Hilde eine Manschette zum Blutdruckmessen um den Arm und drückten ihr eine Atemmaske auf die Nase.

»Entschuldigen Sie«, sagte ich.

»Jetzt nicht«, sagte der mit dem dicken Bauch.

»Sei mal kurz leise, Kindchen«, sagte der mit der Glatze.

Oma Hilde schaute mich mit weit aufgerissenen Augen an. Mit dem Rüsselschlauch erinnerte sie mich an den kleinen Babyelefanten bei uns im Zoo. Ich tippte dem Dicken auf die Schulter. »Entschuldigen Sie, aber es handelt sich um die Frau da unten.«

Ich zeigte auf Agathe, die unter ihrer Decke aussah wie eine Kissenlandschaft mit Hügeln und Tälern.

»Die Frau, die Sie gerade quälen, ist Oma Hilde. Die sieht zwar etwas knittrig aus, ist aber noch topfit.«

Da bekamen die Männer rote Wangen, entschuldigten sich und kümmerten sich endlich um die Rettung von Agathe. Sie wiederholten die gesamte Prozedur und klopften Agathe außerdem mit einem Hämmerchen auf die Kniescheiben.

Schließlich sagte der Glatzkopf: »Besser, wir geben ihr eine Infusion.«

»Hm«, grunzte der mit dem Bauch. »Oder besser, wir nehmen sie gleich mit.«

Er wandte sich zu uns. »Es ist nichts Schlimmes, morgen ist sie vermutlich wieder auf den Beinen, aber sicher ist sicher. Ist das in Ordnung?«

»Sehr«, sagte ich.

»Sie werden hoffentlich wissen, was Sie tun«, sagte Marlies.

»Aber seien Sie nett zu ihr«, sagte Oma Hilde.

Nachdem die Männer eine Trage aus ihrem Wagen geholt hatten und schließlich mit Agathe verschwunden waren, schauten wir uns einige Sekunden lang schweigend an.

»Was sie nur hatte?«, fragte Belinda.

»Vielleicht hat ihr mein Kamel nicht gefallen«, sagte Oma Hilde. Dabei zwinkerte sie, und es war offensichtlich, dass sie den Nachmittag genossen hatte.

»Und jetzt feiern wir Party«, sagte ich.

»Party?«, fragte Marlies.

»Kuchenparty.«

Belinda sprang auf. »Das sind mir die liebsten!«

Und dann genossen wir nur noch. Wir schoben uns Löffel voller Kuchen in die Münder und spürten dem süßen Gefühl auf unseren Zungen nach. Wir öffneten unsere Hosenknöpfe, um noch mehr Platz zu schaffen.

»Mädels, Mädels«, seufzte Oma Hilde schließlich, und es klang selig. Sie war die Letzte, die ihren Teller auf dem Tisch abstellte. »Jetzt machen wir es uns im Bett gemütlich.«

Die Idee gefiel uns. Mit vereinten Kräften halfen wir Oma Hilde in die Kissen, hockten uns neben sie und lehnten unsere Rücken an die Wand.

»Und jetzt«, sagte ich, »jetzt spitzt die Ohren, denn jetzt erzählt uns Oma Hilde, wie sie zu den weltbesten Schlittschuhen gekommen ist.«

»Wollen wir nicht lieber Fernsehen gucken?«, fragte Belinda.

»Du weißt nicht, was du sagst«, sagte ich.

»Fernsehgucken wäre jetzt sicher nett«, sagte Oma Hilde. »Ich fühle mich ziemlich müde.«

»Müde ist später«, sagte ich.

Da blickte Oma Hilde eine Weile lächelnd die Vogeluhr an und begann endlich zu erzählen.

Zwanzigstes Kapitel,
in dem wir etwas über wahre
Romantik lernen

»Ich erinnere mich nicht mehr, was wir an dem Tag aßen. Vielleicht war es Kohlsuppe. Du liebe Güte, wir aßen damals so viel Kohlsuppe. Ich weiß noch, wie die Schelle losging und unser Löffelgeklapper verstummte. Es war ungewöhnlich, dass jemand uns zur Mittagszeit störte, und Vater schnaubte und warf seine Serviette auf den Tisch. Mit dem Gang eines Gorillas steuerte er auf die Tür zu, und natürlich sprangen meine Schwester und ich ebenfalls auf.

Vor der Tür stand der Mann aus dem Kino, der Wipper, ich erkannte ihn sofort. Und selbst Vater, der mit einem lausigen Personengedächtnis gesegnet war, brauchte nur einen Atemzug lang, bis ihm entfuhr: ›Ah, der Wipper!‹

Der Wipper lüftete seinen Hut, und eine Mähne, wild und blond wie Weizen, kam zum Vorschein. Er trug einen dieser modernen Mäntel, lässig und weit, einen weißen Schal, und er grinste breit, als er meinem Vater die Hand schüttelte. Meine Schwester, links neben mir, begann sofort mit den Fingern an einer Locke zu drehen. Der Wipper gefiel ihr, dabei war sie damals längst mit Wilhelm verlobt. Und zum ersten Mal fielen mir seine Augen auf, du liebe Güte, wie konnte er mich mit ihnen anstrahlen, wie mit zwei blau leuchtenden Taschenlampen.«

»Oma, sei nicht so kitschig«, sagte ich.

Oma Hilde kicherte.

»Sobald ein wenig Gefühl ins Spiel kommt, ist es für euch junge Mädchen immer gleich kitschig.«

»Oma, zwei blaue Taschenlampen, also ehrlich, das ist totaler Quatsch.«

»Können wir jetzt mal beim Thema bleiben«, sagte Marlies.

»Also, er hatte schöne Augen, und was passierte dann?«, fragte Belinda.

Oma Hilde warf mir einen triumphierenden Blick zu.

»Nun dann«, sagte sie und tippte sich mit dem Finger an die Nase. »Also, lasst mich überlegen. Dann sagte er … Oder sagte ich …«

»Das musst du doch wissen«, sagte ich und rutschte auf meinem Bett ein Stückchen näher an Oma Hilde heran.

»Nun ja, es ist immerhin 70 Jahre her, oder sind es gar 73? Hast du mal einen Taschenrechner?«

»Omaaaa!«

»War ja nur ein Scherz!« Oma Hilde grinste. »Also, er sagte: ›Ich musste etwas suchen, kleines Fräulein, bis ich Ihre Geldbörse mit der Adresse finden konnte. Ich musste mich erst durch Taschentücher, Kamm, drei Zeitungsartikel über Sonja Henji und mehrere Sammelbilder von Sonja Henji wühlen.‹

Ich fühle noch heute, wie mir das Blut in den Kopf schoss. Ihr versteht sicher, wie peinlich es mir war, dass er mich bei meiner Schwärmerei für eine Eiskunstläuferin ertappt hatte. Natürlich bekam ich kein Wort heraus. Jedoch bevor das Schweigen unangenehm werden konnte, sagte mein Vater: ›Wer hat Ihnen erlaubt, in der Handtasche meiner Tochter zu wühlen?‹

›Ich‹, sagte der Wipper. ›Sehr ungern natürlich, aber ich hatte keine Wahl. Als andere Möglichkeit wäre mir nur geblieben, all diese hübschen Sachen für mich zu behalten, und das wäre schließlich Diebstahl gewesen.‹

An dieser Stelle machte der Wipper eine Pause, die mein Vater verstreichen ließ, ohne etwas zu erwidern. Zu viel Logik machte ihn manchmal stumm, weil er sie gerne in Ruhe entschlüsselte, bevor er den Versuch unternahm, sie zu widerlegen. Als der Wipper fortfuhr, ruhte sein Blick auf mir.

›Trotzdem, unverzeihlich natürlich, dass ich in Ihrer Handtasche gewühlt habe. Deshalb würde ich Sie – verstehen Sie es als Entschuldigung – gerne auf eine Tasse Kaffee einladen.‹

Oh, da polterte Vater los: ›Kommt überhaupt nicht in Frage!‹

Aber Mutter legte ihm die Hand auf den Rücken, besänftigte ihn, und ich rief: ›Ich ziehe mir nur schnell was anderes an.‹

Doch das wollte der Wipper nicht. Ihm gefiel alles an mir ganz ausgezeichnet, behauptete er. Er nahm mich am Arm und zog mich an meinem Vater und dem neidischen Blick meiner Schwester vorbei die Treppe hinunter. Wir gingen in das kleine Café an der Ecke. An jenem Tag war es kühl, also setzten wir uns hinein, aber ans Fenster. Er erzählte, dass er Horst hieße und später einmal Pilot werden wolle oder Rettungsschwimmer. Er war so anders als alle anderen Männer, die ich bisher kennengelernt hatte. So zuvorkommend und doch so verwegen, so überraschend und doch so verlässlich, so lebendig und doch voller Ruhe. Wir versanken mit den Kaffeetassen vor uns in einer Blase, die uns vereinte in einer kleinen Welt, in der es bald nur noch uns gab und den Oberkellner, der ab und zu vorbeikam, um uns etwas Kaffee nachzuschenken. Viel zu spät brachte mich der Wipper nach Hause, und mein Vater – oh, der stand schon an der offenen Tür und tobte. Aber der Wipper lächelte Vater einfach nur an, und ich gab Vater einen Kuss auf die Wange und sagte: ›Alles in Ordnung. Kein Grund für einen Herzinfarkt.‹

An diesem Nachmittag im Café hatte ich mich verändert. Aus dem Mädchen, für das der Vater die Sonne gewesen war, um die sich alles drehte, war eine Frau geworden, an der Vaters erboste Worte abperlten wie Tropfen auf einem Tulpenblatt.

Und von nun an kam Horst öfter. Er brachte mir jedes Mal etwas mit. Einmal eine Haarlocke, die angeblich von Sonja Henji stammte. Ein paar Wochen später gestand mir Horst allerdings, dass er sie mit Hilfe eines Rasiermessers dem Pudel einer Freundin seiner Mutter gemopst hatte. Nun ja, er war ein echter Spaßvogel, und er liebte es, mich zum Lachen zu bringen. Meine Mutter liebte ihn auch, und sie wurde nicht müde, ihre gesamte Geschicklichkeit einzusetzen und Vater solange zu bearbeiten, bis er uns jedes Mal ziehen ließ. Aber dass er deswegen mit den Zähnen knirschte, konnte sie nicht verhindern. Oh, was waren wir verliebt, und es dauerte nur sechs Wochen, da machte er mir einen Heiratsantrag.«

»Hat er dir rote Rosen geschenkt und dich auf

eine Heißluftfahrt eingeladen?«, fragte ich. Das hatte ich mal im Fernsehen gesehen, dass sich Männer die tollsten Dinge ausdenken müssen, damit Frauen sie heiraten.

»Aber nein.«

Oma Hilde schaute aus dem Fenster zu der rothaarigen Frau hinüber, die heute Lockenwickler trug und an ihren Fingernägeln knabberte. Vielleicht waren ihr die Zigaretten ausgegangen.

»Es war viel romantischer.«

»Noch romantischer? Sie machen Witze«, sagte Belinda.

»Ich glaube«, sagte Oma Hilde, noch immer in den Anblick der Lockenwickler versunken, »ich müsste dringend mal zum Friseur.«

»Oma!«

»Ja, viele Leute glauben, dass es alten Leuten nicht so wichtig ist, wie sie auf dem Kopf aussehen. Ob wir da eine Frisur oder ein Vogelnest haben, sie glauben, dass sei uns egal …«

»Entschuldigen Sie«, sagte Marlies, »Sie waren bei ›Es war viel romantischer‹.«

Oma Hilde nickte und seufzte. »Also Romantik, ja, natürlich. Ihr müsst wissen, wahre Romantik kann man nicht planen oder kaufen und beliebig wiederholen. Nein, wahre Romantik ist immer ein wenig überraschend, und sie berührt das Herz.«

Oma Hilde lächelte, lehnte ihren Kopf zurück gegen das Kissen und schloss die Augen. Die Gardine warf ein Muster aus Licht und Schatten auf ihr Gesicht.

»Es war der Tag, an dem mir Horst das Hausschuhlaufen beibringen wollte. Hausschuhlaufen. Er behauptete, das sei fast so gut wie Schlittschuhlaufen, besonders, wenn man keine Schlittschuhe hatte und draußen die Sommerblumen blühten. Meine Eltern waren bei Freunden zum Kartenspielen, meine Schwester bei ihrem Häkelkreis, also kurz gesagt, die Gelegenheit war günstig. Horst hatte eine Schallplatte dabei, es war ein Stück aus ›Schwanensee‹ darauf, der Tanz der Schwäne. Kennt ihr den Tanz der Schwäne? Also, da hat sich der Tschaikowsky wirklich etwas Wunderschönes zusammenkomponiert, und Horst verlangte unserem Grammophon ab, was es zu bieten hatte. Bald war auch der letzte Winkel unserer Wohnung voller Musik. Er trat ganz dicht hinter mich, so dicht, dass ich die ganze Zeit denken musste, dass jetzt nur noch der Stoff meines Kleides und der seines Hemdes und vielleicht ein Stückchen Krawatte zwischen uns war. Und er erklärte mir, dass ich nun abwechselnd mal den rechten Fuß und mal den linken Fuß nach vorne schieben musste, so wie wir es bei Sonja Henji gesehen hatten. Ich weiß nicht, ob der Boden nicht glatt genug war oder ich einfach nur zu aufgeregt. Auf jeden Fall lag ich schon bald am Boden und konnte nicht mehr aufstehen vor Lachen. Und da sagte er: ›Also, meine Liebe, ich stelle fest, dass deine Begabung im Hausschuhlaufen eher bescheiden ist. Für dich müssten es wohl doch eher Schlittschuhe sein. Also heirate mich, und ich mache eine Schlittschuhprinzessin aus dir. Und da sagte ich …‹

Wir beugten uns alle drei so weit zu Oma Hilde vor, dass nur ein paar Zentimeter fehlten und wir wären mit den Köpfen zusammengestoßen.

»Ich glaube, es hat geklopft.«

»Das hast du gesagt!?«

»Kamen etwa Ihre Eltern ausgerechnet in diesem Moment zurück?«, fragte Marlies.

»Oder Ihre blöde Schwester, die nicht wollte, dass Sie mit dem Wipper alleine sind?«, wollte Belinda wissen.

»Eigentlich ist das ja Erpressung«, sagte ich.

»Nein, nein, gerade eben, hier an meiner Tür hat es geklopft. Und da dachte ich, nur ich hätte schlechte Ohren. Lulu, bitte sei so lieb und öffne mal. Vielleicht ist es Agathe.«

Aber es war schlimmer als nur die immer miesgelaunte Agathe.

Draußen stand ein Mann in einem weißen Kittel. Im ersten Augenblick dachte ich, er sei ein zu spät eingetroffener Notarzt. Aber als ich meinen Blick die Knopfleiste des weißen Kittels und den angespannten Hals hinaufgleiten ließ, blickte ich in das Gesicht meines Vaters. Es war so düster wie der Himmel, der draußen vorüberzog. Es war offensichtlich, dass er sehr schlechte Laune hatte.

Einundzwanzigstes Kapitel,
in dem Papa echt peinlich ist

»Was ist hier los?«, fragte Papa. Es klang wie ein Bellen.

Ich stellte mich mitten in den Flur, um ihn nicht vorbeizulassen. »Papa, ich dachte du bist in der Praxis. Hast du nicht Sprechstunde?«

»Allerdings hab ich das. Im Wartezimmer sitzen drei Patienten.«

Er hielt mir Daumen und zwei Finger vor die Nase.

»Aber dann bekam ich einen Anruf vom Bethanienkrankenhaus. Agathe wurde eingeliefert wegen eines Schocks! Sie hat Wahnvorstellungen, behauptet, es gäbe Kühe und Kamele in diesem Apartment.«

Papa zwängte sich an mir vorbei, ich folgte ihm. Belinda und Marlies grüßten ihn mit einem sehr dünnen »Hallo«. Oma Hilde hatte ihr Kopfteil wieder heruntersummen lassen und sah aus, als würde sie jede Sekunde wegnicken.

»Was tut ihr hier?«, fragte Papa. Und im nächsten Moment, ohne die Antwort abzuwarten, fuhr sein Kopf nach links zur frisch bemalten Wand. Dann schaute er nur. Er schaute nach rechts und nach links, von der Decke bis zum Boden, und sagte nichts. Aber ich konnte sehen, wie er seine Hände zu kleinen festen Kugeln presste. Als er endlich doch seine Sprache wiederfand, konnte nur, wer ihn gut kannte, das leise Beben in seiner Stimme wahrnehmen. Also ich, die meinen Vater sehr gut kannte, hätte jederzeit einen Hurrikan diesem Beben vorgezogen.

»Das wird Konsequenzen haben, Fräulein«, sagte er. Grunzend nahm er meinen Rucksack und wollte mich zur Tür hinausschieben.

»Und was ist mit Oma Hilde? Willst du sie hier alleine lassen?«

Papa warf mir einen grimmigen Blick zu, doch er wandte sich noch einmal zu meinen Freundinnen. »Ihr könnt noch bleiben, bis meine Frau kommt!«

Das klang eindeutig nach Befehl, nicht nach einer Frage.

»Eh, und wie kommen wir nach Hause?«, fragte Belinda.

»So, wie ihr hergekommen seid, mit dem Bus. Seid schließlich zu zweit.«

O Mann, manchmal war Papa wirklich totpeinlich. Wir waren jetzt bereits auf dem Flur, er stieß die Tür hinter sich mit dem Fuß zu. »Und du holst Ben vom Kindergarten ab.«

Auf der Rückfahrt blieb Papa stumm wie ein Fisch. Das machte mir am meisten zu schaffen, wenn Papa nicht mehr mit mir sprach. Das ließ so viel Raum, sich Gedanken zu machen. Er setzte mich vorm Kindergarten ab. Ben stellte keine Fragen, sondern hängte sich um meinen Hals wie er es sonst immer bei Mama tat. Ich schob die Schuhe ordentlich ins Schuhregal, ich räumte sogar die Spülmaschine aus, ich bemühte mich, die beste Tochter der Welt zu sein. Und dann beschäftigte ich mich den ganzen Nachmittag lang mit Ben. Ich kochte meinem Bruder einen Kakao und half ihm später dabei, den Mount Everest in seinem Kinderzimmer zu errichten – aus Bauklötzen. Als der Mount Everest zum fünften Mal einstürzte, kam mein Vater nach Hause und schaute kurz ins Zimmer.

»Wir arbeiten schon den ganzen Nachmittag daran«, sagte ich und wies auf den Trümmerhaufen. Das sollte eigentlich bedeuten: »Schau Papa, was für eine wunderbare Schwester ich bin, die sogar mit ihrem Windelpups-Bruder einen bekloppten Mount Everest baut.«

179

Papa nickte nur einmal und schloss die Tür wieder. Irgendwann kam Mama und schaute ebenfalls ins Zimmer. Gerade war der Turm zum achten Mal eingestürzt, und Ben weinte. Sie nahm ihn gleich auf den Schoß.

»Bis eben war er total glücklich«, sagte ich.

»Wie konntest du nur«, sagte Mama

Meinte sie damit die Sache mit Oma Hildes Wand? Oder meinte sie damit, dass ich es zugelassen hatte, dass der Berg erneut eingestürzt war und Ben nun mit diesem Schock klarkommen musste? Ich traute mich nicht, sie zu fragen. Ich hoffte einfach nur, dass morgen alles wieder vergessen sein würde. Aber das war es nicht, o nein. Am Morgen warteten die Konsequenzen auf mich, die Papa angekündigt hatte, dabei fing es ganz harmlos an.

Ich stand im Badezimmer und schaufelte mir Wasser ins Gesicht, natürlich kalt. Ein kühler Kopf konnte heute nicht schaden, das ahnte ich bereits. Als ich aufschaute, erblickte ich Mama und Papa im Spiegel neben mir.

»Guten Morgen«, sagte Papa und reichte mir ein Handtuch. »Agathe konnte gestern Abend noch entlassen werden, es geht ihr wieder besser. Sie leidet schon seit längerer Zeit unter Herzrhythmusstörungen, das haben wir nicht gewusst.«

180

Mama legte mir die Hand auf die Schulter, und ich entspannte mich etwas. Es war also nicht die bunte Wand gewesen, die Agathe ins Krankenhaus befördert hatte. Oder wenigstens war es nicht nur die Wand gewesen. Die Kühe und so hatten Agathes Herz höchstens dazu gebracht, ein paar mehr wilde Hüpfer als sonst zu machen.

»Trotzdem, so geht es nicht weiter«, sagte Papa.

Er nahm mir das Handtuch ab und zupfte es auf dem Halter gerade.

»Wir wollten dir mitteilen, dass Hilde ab Dezember ins Altersheim geht. Sie hat einen Platz bekommen. Eine Dame ist überraschend verstorben. Ich konnte die Heimleitung gestern von der Dringlichkeit überzeugen.«

Er nickte mir im Spiegel zu, aber als er meinen empörten Blick bemerkte, schaute er gleich wieder weg. Ich hielt mich am Waschbeckenrand fest, schnappte nach Luft.

»Das kannst du nicht machen!«

Papa klopfte mir zweimal auf die Schulter, als glaubte er, mich damit zu beruhigen.

»Bitte sag Oma Hilde aber noch nichts davon, das übernehme ich.«

Ich schaute meine Mutter an, aber die tat so, als wäre sie vollkommen darin versunken, das Becken mit einem Waschlappen auszuwischen. Papa floh aus dem Bad, und ich eilte ihm nach. Ich blieb ihm auf den Fersen bis in die Küche.

»Das ist nichts für Oma Hilde. Willst du sie umbringen?«, rief ich.

»Lulu, übertreib nicht immer so.«

Papa schaltete die Kaffeemaschine an und entleerte den Behälter mit den alten Kaffeekapseln in den Mülleimer.

»Sie hat sich gerade eingelebt. Der Abschied von ihrem Haus ist ihr schwer genug gefallen.«

Mit einem Papiertuch entfernte er ein paar Kaffeeflecken.

»Ein Altersheim ist genau auf die Bedürfnisse von alten Menschen zugeschnitten, eben deswegen heißt es ja so. Dort kümmern sich Menschen um Hilde, die extra dafür ausgebildet sind. Hier hat niemand Zeit. Agathe kann jederzeit wieder ausfallen, und du bist noch zu jung für so viel Verantwortung. Das haben wir ja gesehen.«

Mein ganzer Körper war angespannt, mein Brustkorb hatte sich zusammengezogen, das Atmen schien plötzlich mühsam. »Das könnt ihr nicht machen!«

Doch die Worte perlten an Papa ab. Er suchte etwas im Schrank. »Katrin, wir haben keine Kaffeekapseln mehr.«

Da wusste ich, dass ich nichts bewirken würde. Egal, was ich tat, egal, was ich brüllte oder versprach. Papa hatte seine Mauer hochgefahren, durch die nichts ging, was er nicht hören wollte. Am liebsten hätte ich mit den Fäusten dagegen getrommelt. Früher hatte ich das oft versucht, aber heute wusste ich, dass das zwecklos war.

»Wie weit weg ist diese Altersgruft?«, wollte ich wissen.

»Das Altersheim, das übrigens Sonnengruß heißt, liegt in Butzenbach und ist nur 50 km entfernt. Wir können sie also regelmäßig besuchen fahren.«

Besuchen! Ich lachte auf. Ja, aber nicht mit dem Fahrrad. Und niemals mehr alleine. Das würde nicht dasselbe sein.

»Verdammt, jetzt muss ich in die Praxis ohne Kaffee.«

Ich starrte ihn entgeistert an. Mann o Mann, der hatte Probleme.

Zweiundzwanzigstes Kapitel,
in dem wir es uns im Bett kuschelig machen

»Was habt ihr euch nur dabei gedacht? Guck, die schöne weiße Wand – weg! Da kann ich putzen wie ich will, es wird immer so aussehen wie bei den wilden Monstern.«

Seit Agathe mir die Tür geöffnet hatte, schimpfte sie vor sich hin, und besonders mit mir.

»Und die schönen Zeitungen.« Sie hielt mir den Müllbeutel mit dem Altpapier vor die Nase. »Habt ihr alle einfach auf den Boden geschmissen und draufgetrampelt. Hätte ich schön lesen können. Da, schöne Frau wurde von schönem Fußballspieler verlassen wegen bester Freundin.« Sie tippte auf ein Gesicht, das sich blass hinter der blauen Folie abzeichnete. »In Polen ist alles viel besser!«

Ich warf Oma Hilde einen hilfesuchenden Blick zu, schließlich hatte sie mitgemacht. O ja, sie hatte uns sogar angefeuert. Jetzt aber schwieg sie, den Blick auf ihre Daumen gerichtet, die gleichmäßig wie die Flügel eines Windrads kreisten. Doch sie grinste, und in ihren Augen tanzten kleine Teufel.

Endlich hatte sich Agathe den Müllsack wie der Weihnachtsmann über den Rücken geworfen und war abgezogen. Ich öffnete das Fenster, um die schlechte Laune nach draußen zu lassen.

»Ich finde sie entzückend«, sagte Oma Hilde. Ich schaute sie entgeistert an, aber sie meinte nicht Agathe, sondern die Wand. Sie betrachtete sie versonnen. »Die Farben, die Kühe, das Kamel und all das. Ich sehe es und werde fröhlich. Zum ersten Mal seit ich hier bin, fühle ich mich angekommen.«

Ich war mir nicht ganz sicher, was das bedeutete, angekommen zu sein. Ich hatte nur ein Gefühl dafür, ungefähr so, dass die bunte Wand das Stückchen gewesen war, das ihr gefehlt hatte, damit sie mit der kleinen Welt hier Frieden schließen konnte.

»Es sind nicht allein die fröhlichen Farben«, fuhr Oma Hilde fort. »Es ist nicht der Supermarkt, nicht die anderen Dinge. Nein, es ist viel mehr …«

Sie machte eine Pause, in der sie sich ihre Monsterbrille zurück auf die Nase schob. »Was mich so berührt ist, dass du das für mich getan hast.«

»Oh, Belinda hat das meiste gemalt.«

»Das meine ich nicht«, sagte Oma Hilde. Sie

fischte nach meiner Hand und hielt sie fest. »Obwohl ich auch deinen Freundinnen sehr dankbar bin. Besonders dieser hübschen mit dem runden Gesicht. Sie ist eine wahre Künstlerin.

Und jetzt hilf mir mal ins Bett, bitte, ich muss mich ein wenig ausruhen.«

Ich zog sie sanft aus dem Sessel, und sie hakte sich bei mir ein. Gemeinsam spazierten wir die zwei Meter zum Bett. Mit der Fernbedienung fuhr ich es zwei Etagen tiefer und passte auf, dass Oma Hilde mit ihrem Po nicht die Bettkante verfehlte. Diese kleinen Handgriffe waren mir so vertraut geworden. Ich zog ihr die Hausschuhe von den Füßen.

»O Mann, du brauchst mal neue«, sagte ich und steckte meinen Finger durch ein Loch vorne an der Spitze. Oma Hilde strafte mich mit einem leisen Schnaufen.

»Ich werde meine guten alten Schuhe doch nicht auf den Müll befördern, nur weil ihnen das Leben ein paar Macken beschert hat.«

Ich schaute aus dem Fenster, wo die Eiche beinahe alle Blätter verloren hatte. Auch die letzten, die ihre Farben längst eingebüßt hatten, würde sie bald fallen lassen, schon war kein Leben mehr in ihnen. Und im Frühling würde sie neue bekommen. Ich dachte an Papa, der regelmäßig den Keller ausmistete. Ich hörte ihn sagen: »Weg, alles weg! Weg mit dem alten Zeugs.« So schuf er Platz für Neues. Und alte Leute wurden in Altenheime gesteckt. Gab es da einen Zusammenhang? Ich war mir nicht sicher.

»Oma Hilde?«

»Ja?«

»Darf ich mich zu dir ins Bett legen?«

»Aber selbstverständlich doch.«

So lagen wir eine Weile nebeneinander und schauten an die Decke. Dort gab es gar nichts zu sehen, nicht mal eine Spinne. Durch die Wand drangen die Stimmen einer Fernsehsendung, eine Frauenstimme wechselte sich mit einer Männerstimme ab, zwischendurch wurde Blasmusik gespielt. Ich nahm mir die Bedienung für das Bett.

»Jetzt fahren wir ein bisschen Fahrstuhl«, sagte ich.

Ich ließ das Bett nach oben surren und nach unten. Ich fuhr unsere Füße zur Decke und das Kopfteil Richtung Boden, so dass uns das Blut in die Köpfe schoss und Oma Hilde kicherte. Dann machte ich es umgekehrt, das Bett bäumte sich steil zu einer Rutschbahn auf. »Hilfe«, rief Oma Hilde. Da fuhr ich es wieder in seine alte Position zurück, und Oma Hilde atmete hörbar auf.

»Fast so gut wie Inlinerfahren«, sagte ich.

»Könnte sein«, sagte Oma Hilde. »Hast du das Geld dafür zusammen?«

»Nö.«

»Na, dann wird es aber höchste Zeit.«

Und dann machte sich Oma Hilde am Matratzenrand zu schaffen und zog mit einem Ruck einen Strumpf hervor. Er war grobgestrickt in einer undefinierbaren Farbe. Sie schüttelte seinen Inhalt auf die Bettdecke. Mehrere Scheine und ein bisschen Kleingeld rutschten heraus. »Für dich«, sagte sie. »103 Euro und 73 Cent, reicht das?«

»Was?« Ich war ganz verdattert. So viel Geld. »Aber nein«, sagte ich. »Das geht doch nicht.«

»Und wie das geht. Ich kann es schließlich nicht mitnehmen.«

Ich schaute sie erschrocken an. Wusste sie etwas? Hatte Agathe es ihr verraten? Ich traute mich nicht, sie zu fragen. Stattdessen rückte ich dichter an sie heran. Sie roch ein bisschen nach altem Buch und ein bisschen nach Blumen.

»Und nun steck es wieder in die Socke und nimm es mit. Da kaufst du dir Inliner von.«

»Mal sehen.«

»Doch, das tust du. Hast du mich verstanden?«

Da sammelte ich die Scheine und Geldstücke von der Bettdecke auf und steckte sie ein. Ich fühlte mich unwohl dabei und wusste nicht, was ich davon halten sollte. Niemals zuvor hatte mir jemand so viel Geld geschenkt.

»Danke«, sagte ich. Was Besseres fiel mir nicht ein.

»Ja, ja, mach dir keine Gedanken«, sagte Oma Hilde.

»Gut«, sagte ich, »dann erzähl jetzt mal weiter.«

»Ich erzähle doch die ganze Zeit.«

»Aber nichts über den Wipper und dich.«

»Oh, da gibt es nicht mehr viel zu erzählen.«

Aber sie zwinkerte mir zu und grinste. Sie wusste genau, was ich hören wollte. O ja, sie kannte mich inzwischen gut, meine Oma.

»Also haben für euch die Hochzeitsglocken geläutet. Hat es rote Rosen geregnet und all so ein Zeugs?«

»Aber Lulu-Schätzchen, was lernt ihr denn in der Schule? Es regnet doch nicht rote Rosen im Leben.«

»Sag bloß, du hast ›nein‹ gesagt.«

»Unsinn«, sagte Oma Hilde. »Nein, es war ganz anders.«

Und dann erzählte sie. Ich schloss die Augen und ließ mich von ihrer leisen rauen Stimme davontragen. Und das Zimmer, das Altenheim und das Bett gab es plötzlich nicht mehr.

Dreiundzwanzigstes Kapitel,
in dem die Geschichte ein »falsches« Ende hat

»Als Erste musste meine Schwester unter die Haube, also heiraten, und dann kam der Krieg dazwischen, da mussten die Männer an die Front, ob sie wollten oder nicht.«

»Und danach?«

»Danach ...«

Oma Hilde legte ihre Hand auf meine, sie fühlte sich kühl an.

»Danach gab es nicht. Im Krieg gefallen. Keine Heimkehr.«

Da tat es einen richtigen Pikser in meinem Herzen. Ich stellte mir Oma Hilde vor, wie sie gewartet hatte auf ihren verrückten Horst, und dann kam er einfach nicht, konnte nicht kommen. Ich hatte mir ein Happy End erhofft, ist doch klar, so wie im Film. Und Oma Hilde hatte das sicher auch. Weil ich nicht

191

wusste, was ich sagen sollte, streichelte ich einfach nur Oma Hildes Hand. Sie war wie eine Landschaft. Ich konnte die Knochen und die Venen spüren. Oma Hilde begann leise zu summen. »Der Tanz der Schwäne«, sagte sie.

Ich lauschte der leise zischenden Melodie, die sie zwischen ihren Lippen hervorpustete. Sie klang schön, und sie tröstete mich etwas.

»Weißt du, Lulu-Schätzchen, für Trauer war damals nicht viel Zeit. Die Stadt lag in Trümmern. Dort, wo früher Häuser gestanden hatten, gab es nur noch Berge aus Schutt und Steinen. Wir Frauen banden uns Kopftücher um und schaufelten von früh bis spät. Wir versuchten zu retten, was noch zu retten war, um daraus neue Häuser zu bauen. Und außerdem war da immer die Hoffnung.«

»Auf ein Wunder?«

»Ja.«

»Und die Schlittschuhe?«

»Nun ja«, sagte Oma Hilde, »es war viele Jahre später, Deutschland war längst wieder aufgebaut, die Russen hatten eine Mauer quer durch Deutschland gezogen. Da erbte ich die Gänsefarm meiner Schwester. Sie hatte sie einige Jahre lang gemeinsam mit ihrem Mann Wilhelm betrieben – dort in Hintertux. Aber dann hatte sich Wilhelm in einem Italienurlaub in die Kochkünste einer Italienerin verliebt und war gleich dortgeblieben. Ihr Sohn Georg, dein Großvater, war nach Amerika ausgewandert, und deswegen wohl hat sie mir ihre Gänseschar vermacht. Meine Schwester hatte das Geschnatter der Gänse gehasst, und sie war mit den Jahren so bitter geworden wie die Gallensteine, von denen sie mir in ihren Briefen immer schrieb. Ich glaube, sie war ganz froh, als der liebe Gott sie eines Morgens für immer hat weiterschlafen lassen. Nun ja, aber mir war das Leben dort eine Freude, vom ersten Augenblick an. Und ich liebte meine Gänse. Ich habe sie alle freigelassen, bevor ich hierher bin. Ich hoffe, sie machen das Beste daraus. Nun ja, eines Morgens, ich hatte mir einen Kaffee aufgebrüht – frisch gemahlen, köstlich –, und ich saß auf meiner Bank vor dem Haus, da kam ein Mann den Weg hinauf. Es war ein Fremder, das sah ich auf den ersten Blick. Und es war auch klar, dass er zu mir wollte, denn woandershin führte der Weg nun mal nicht. Ich weiß noch, dass ich dieses aufgeregte Gefühl im Bauch bekam. Nicht weil ich Angst hatte, o nein, was sollte jemand einer alten Frau wie mir schon antun. Ich war inzwischen schon über 60. Und etwas, das zum Stehlen taugte, gab es bei mir nicht. Der Mann hatte ein Paket unter dem Arm, und er schien immer langsamer zu werden, je näher er meinem Haus kam. Aber vielleicht kam es mir wegen meiner Ungeduld nur so vor. Endlich stand er vor meinem Tisch und tupfte sich den Schweiß mit einem Tuch von der Stirn.

›Sind Sie Hilde Stresemann?‹, fragte er.

›Schon seit meiner Geburt.‹

Ich bot ihm einen Kaffee an, den er aber dankend ablehnte.

›Sie wissen ja nicht, was Sie verpassen‹, warnte ich ihn, aber er zuckte nur mit den Schultern und sagte, dass es wirklich schwierig gewesen sei, mich zu finden. Und es klang so, als müsse ich mich dafür entschuldigen.

›Nun ja, jetzt bin ich es endlich los‹, sagte er dann und drückte mir das Paket in die Hand. Es war groß wie eine Tortenschachtel und schwer, aber nicht so, dass ich es fallen ließ. Meine Güte, hat da mein Herz geklopft, und du kannst dir mein Entzücken vorstellen, als ich es öffnete und die Schlittschuhe darin fand. Die zauberhaftesten Schlittschuhe, die ich je gesehen hatte. Und dann meine Freude, als ich erfuhr, dass sie von Horst waren. Und, stell dir vor, es lag sogar ein Brief dabei. ›Für die Schlittschuhprinzessin!‹ Ist das nicht bezaubernd? Ja, seine Liebe war so groß gewesen, dass sie mir für den Rest meines Lebens das Herz gewärmt hat.«

Danach sagten wir eine Weile nichts. Wir lagen nur da und lauschten einfach dem Ticken der Uhr, und es war richtig gemütlich, mitten am Nachmittag im Bett zu liegen.

»Jetzt ist meine Geschichte zu Ende erzählt«, sagte Oma Hilde. Ich schaute sie an, ihre Augen waren geschlossen, auf ihrem Mund lag ein Lächeln, und tausend kleine Fältchen umkräuselten ihre Lippen. Sie sah so friedlich aus, und ich dachte über ihre Worte nach. Doch dann fing sie wieder an, wie ein Wildschwein zu grunzen. Wirklich verrückt, dass sie selber bei diesem Lärm schlafen konnte. Und noch verrückter war, dass auch ich, nur ein paar Minuten später, ebenfalls einschlief. Es war bereits kurz vor sechs Uhr, als Agathe mich wieder weckte.

»Mit Anziehsachen ins Bett! Na, wo gibt es denn so was?«, sagte sie.

»Na, bei den wilden Monstern.«

Und da brachte Agathe doch tatsächlich so etwas wie ein Grinsen zustande.

Vierundzwanzigstes Kapitel,
in dem Rosmarie aus Sibirien
kommt und zehn Tage bleibt

Und dann kam der Kälteeinbruch. Noch bevor ich morgens die Augen öffnete, hörte ich das Geräusch von Eiskratzern auf den Autoscheiben. Das versprochene Wettertief, das Rosmarie hieß, hatte es endlich von Sibirien nach Deutschland geschafft und sollte zehn Tage bleiben. Über Nacht fielen die Thermometer um 17 Grad, und im Radio erzählten sie, dass Obdachlose ab sofort in den U-Bahn-Stationen schlafen durften, um nachts nicht zu erfrieren. Mama wickelte mir einen Schal um den Hals und ließ mich nur noch mit der Mütze mit den hässlichen Ohrenklappen aus dem Haus. Doch kaum war ich aus Mamas Blickfeld verschwunden, in den Nachtigallenweg hinein, da versteckte ich die Mütze zwischen meinen Büchern. Meine Ohren brauchten die halbe Mathestunde, um wieder aufzutauen, und am Abend bekam ich eine Erkältung. Ich musste Oma Hilde für den nächsten Dienstag absagen. Ich holte mir das Telefon ins Bett, zog die Decke über den Kopf und wählte ihre Nummer. Zweimal ließ ich es bis zum Ende durchklingeln, aber erst als ich das dritte Mal anrief, meldete sie sich. Ihre Stimme klang so müde, dass ich kurz dachte, ich hätte mich verwählt.

»Oma Hilde, bist du's?«

»Ja.«

Ich konnte sie kaum verstehen.

»Wie geht's?« Ich bemühte mich, fröhlich zu klingen, aber es hörte sich selbst in meinen Ohren irgendwie falsch an. »Hört sich an, als liegst du im Bett und lässt es dir gutgehen.«

Schweigen am anderen Ende.

»Oma Hilde, alles in Ordnung?!«

Oma Hilde blies leise Luft in den Hörer, es rauschte.

»Sie bringen mich in ein Altersheim. Weißt du das?«

Ich biss mir auf die Lippe und nickte.

»Lulu?«

»Ja, meine Eltern haben es mir gesagt.«

»So, so.«

Ich nahm den spitzen Ton in ihren Worten sehr wohl wahr, etwas, das ich sonst gar nicht von ihr kannte. Hätte ich es ihr lieber erzählen sollen, doch

was hätte das geändert? Ich konnte Oma Hildes Enttäuschung durch den Hörer spüren. Ich wollte sie
trösten, aber ich fand die richtigen Worte dafür nicht.

»Sehen wir uns denn noch?«, fragte Oma Hilde.

»Ja, ja, aber natürlich.« Ganz fest drückte ich
den Hörer an mein Ohr. »Was denkst du denn. Nur
heute kann ich nicht, ich bin erkältet. Meine Stimme
klingt ganz komisch, habe auch Fieber, aber ich sehe
zu, dass ich so schnell wie möglich gesund werde.
Ich trinke diesen Tee, den Mama mir kocht, er
schmeckt furchtbar. Ich tue alles, hörst du.«

Ich redete wie ein Wasserfall. Ich hoffte, dass sie
spüren konnte, wie leid es mir tat und wie lieb ich sie
hatte.

»Ich komme dich besuchen, immer wenn es
geht.«

Oma Hilde schwieg, das machte es noch schlimmer.

»Und was machst du sonst so?«, fragte ich.

Ich hörte das Rascheln ihrer Bettdecke.

»Na, was soll ich schon tun, nichts.«

Ich seufzte. »Oma Hilde, es tut mir so leid, ich
habe versucht, es ihnen auszureden.«

»Ist schon in Ordnung«, sagte sie da. »Aber nur
damit ihr es alle wisst, ich gehe nirgendwo mehr hin,
ich gehe nur noch nach Hause.«

Und da traute ich mich gar nicht, etwas drauf zu

sagen. Nur, dass ich schon bald eine Überraschung für sie hatte. O ja, das hatte ich. Leider musste sie noch etwas warten, bis ich sie in die Tat umsetzen konnte.

Am vierten Tag der sibirischen Kältewelle Rosmarie erzählte mir Mama endlich, dass unser Froschbach im Kurpark zugefroren war. Man hatte mit Äxten Atemlöcher für die Fische hacken müssen, damit sie nicht erstickten. Und es dauerte noch bis zum sechsten Rosmarie-Tag, bis Mama fand, dass ich wieder gesund genug aussah, um mich in die Schule zu schicken – selbstverständlich mit Mütze, die ich dieses Mal auf dem Kopf ließ. Gleich an meinem ersten gesunden Tag hatte ich das ganze Geld von Oma Hilde dabei, über 100 Euro! Es steckte in meiner rechten Hosentasche. Wenn ich meine Hand hineinschob, konnte ich es fühlen. Nach der sechsten Stunde läutete es endlich zum Schulschluss. Ich sagte meinen Freundinnen, ich hätte es heute eilig und verschwand, bevor sie mir Fragen stellen konnten.

Im Stadtzentrum waren die Bürgersteige voller Menschen, die an mir vorbeieilten, vermummt mit Schals und Mützen und bepackt mit Tüten und Kartons. Das Weihnachtsgeschäft war in vollem Gange, und Lichterketten und blinkende Sterne leuchteten auch ein wenig Weihnachtsstimmung in mein Herz hinein. Ich hakte jeden Punkt auf meiner Liste ab, wenn ich ihn erledigt hatte. Bei Kaufstadt kaufte ich ein paar dicke Socken, sie waren rot und der Text auf dem Etikett versprach: Nie mehr kalte Füße! Im Jupitermarkt wühlte ich mich eine halbe Stunde lang durch die CDs, bis sich endlich ein Verkäufer meiner erbarmte. Er trug eine feste Zahnspange und sah kaum älter aus als ich. »Machst du etwa Ballett?«, fragte er.

»Quatsch«, sagte ich. »Ist für meine Oma.«

Er nickte und drückte mir die CD in die Hand. Der Verkäufer bei den Abspielgeräten war freundlicher. Er beriet mich eine halbe Stunde lang, ohne nur einmal die Stirn in Falten zu legen oder die Nase zu kräuseln. Schließlich entschieden wir uns gemeinsam für einen tragbaren CD-Recorder mit USB-Anschluss und Radio. Er versicherte mir, dass dieser das beste Preis-Leistungs-Verhältnis hatte. »Kann ich sonst noch irgendwie helfen?«, fragte er. Ich dachte nach. »Was Süßes, schön ungesund, mit viel Cholesterin und so, damit es richtig schmeckt.«

»Da kann ich Kaufstadt empfehlen, die haben die beste Süßwarenabteilung.«

Da ging ich also ein zweites Mal in die hellerleuchtete Warmluft von Kaufstadt und kaufte eine Sechserpackung Eispralinen – mit kleinen Schneeflocken aus Marzipan darauf.

Fünfundzwanzigstes Kapitel,
in dem ich ausbüxe

Ich rief Oma Hilde immer an, kurz bevor ich losradelte. Dann wusste sie, dass ich neun Minuten später bei ihr eintrudeln würde. Dann konnte sie sich schon mal in »Schale werfen«, wie sie es nannte. Sie meinte damit, dass sie sich ihre Strickjacke geradezupfte und ihre Hausschuhe wieder anzog.

»Ich komme heute«, sagte ich am siebten Tag nach Ankunft der sibirischen Kältewelle.

»Ein Glück«, sagte Oma Hilde. »Es war gerade irgendwie so grau um mich herum.«

»Aber ich komme erst später.«

»Oh«, machte Oma Hilde.

Ich konnte ihre Enttäuschung hören, aber auch die Müdigkeit. Ich stellte sie mir vor, wie sie klein und ein wenig verloren in ihrem Sessel saß und immer wieder zur Uhr blickte.

»Aber ich komme auf jeden Fall, hörst du!«

»Hm.«

»Besser also, du ruhst dich vorher ein bisschen aus. Ja, leg dich eine Runde aufs Ohr.«

»Ist gut.«

»Tschüüüüüs?!« Ich legte auf. Meine Begeisterung hatte einen Dämpfer bekommen. Ich begann, mir auf einmal Sorgen zu machen. Ich drückte meine Nase gegen die Scheibe und schaute einer Frau auf der Straße dabei zu, wie sie versuchte, ihrem Kind eine Mütze überzustülpen. Das Kind riss sie sich jedes Mal wieder vom Kopf. Oma Hilde würde ich auch warm einpacken müssen.

An diesem Abend tat ich hundemüde. Ich tat so, als würde ich beim Abendbrot jede Sekunde einschlafen und in meinen Möhrensalat kippen.

»Ich gehe dann mal schlafen«, sagte ich.

Natürlich ging ich nicht schlafen. Heute Nacht konnte mein Bett noch lange auf mich warten, denn heute Nacht hatte ich noch viel vor. Ich putzte mir die Zähne und gurgelte so laut, dass man es auch im Erdgeschoss hören konnte. Ich schlüpfte in meinen Schlafanzug und kam kurz zurück in die Küche, um »Gute Nacht« zu sagen. Wieder in meinem Zimmer, zog ich meinen Schlafanzug aus und schlüpfte in meine wärmste Hose und zwei Pullover. Dann erschuf ich aus Kissen, einer Decke und meinem Riesentiger Diego eine Attrappe von mir. Sollten meine Eltern heute Nacht in mein Zimmer schauen, würde meine Attrappe für mich im Bett die Stellung halten. Für Haare, die aus meiner Bettdecke herausschauen mussten, holte ich meine Puppe Dorothea vom Schrank, steckte sie unter die Bettdecke und dekorierte ihre Haare auf dem Kopfkissen. Anschließend stand ich staunend vor meinem Kunstwerk.

»Licht aus!«, rief Mama vom Flur. Ich hatte sie gar nicht kommen gehört. Einen Augenblick später schwenkte die Tür auf. Ich rettete mich in die Rumpelecke neben dem Kleiderschrank, ein schlechtes Versteck. Mama brauchte sich nur umzudrehen, um mich zu entdecken.

»Ich dachte, du wolltest schlafen?«

Mamas Schatten auf meinem Teppich starrte die Lulu-Attrappe an. Ich biss mir auf die Lippen und spürte etwas in meinem Hals aufsteigen, ein Kitzeln. Der Schatten schüttelte den Kopf.

»Zu müde, um das Licht auszumachen, meine Tochter.«

Mama knipste das Licht aus. In meinem Hals kitzelte es stärker, ich schluckte zweimal, und ich hustete. Das Licht ging wieder an. »Lulu?!«

Ich hielt die Luft an. Das Licht erlosch, und die

Tür schloss sich. Und nachdem sich Mamas Schritte den Flur entlang entfernt hatten, lief ich auf Zehenspitzen zum Bett, steckte den Kopf unter die Bettdecke und hustete. Ich hustete meine Attrappe an, die ihren Job so gut gemacht hatte.

Von da an lief alles reibungslos. Die Regenrinne hielt, und ich brach mir auch nicht den Hals, als ich sie hinabkletterte. Das Garagentor quietschte nicht zu laut, und mein Fahrrad rollte wie von alleine durch die Straßen. In der Wärme meiner Pullover und Jacke, die ich wie Zwiebelhäute um mich geschichtet hatte, fühlte ich mich geborgen und wunderbar lebendig. Ohne die Enge meines Zimmers und die Trockenheit der Heizungsluft waren meine Bedenken einfach verschwunden. Sie passten nicht länger zu diesem Abend und der Unendlichkeit des Himmels. O ja, ich würde Oma Hildes Geschichte ein anderes Ende verschaffen. Kein »Happy End« wie im Film, aber eben ein besseres.

Sechsundzwanzigstes Kapitel, in dem Oma Hilde die Babys zum Rutschen bringt

Oma Hilde lag bereits im Bett. Im Licht der Nachttischlampe schaute sie mir mit großen Augen entgegen.

»Ich dachte schon, du hast mich vergessen.«

Sie sagte es nicht vorwurfsvoll, so wie es Belinda gerne tat. Nein, sie sagte es, als hielt sie es für das Normalste auf der Welt, dass man sie schon mal vergaß. Ich konnte nicht anders, ich musste zu ihr gehen und sie in den Arm nehmen. Ich drückte ihre dünnen Schultern so fest an mich, bis sie mich lachend wegstieß und behauptete, ich würde ihr alle Knochen brechen.

»Ich habe den ganzen Tag nichts anderes getan, als an dich zu denken«, sagte ich. »Und nun steh auf, alte Dame, denn jetzt machen wir einen Ausflug.«

Sie wollte protestieren, aber ich schüttelte den Kopf.

»He, hast du nicht neulich erst deine Zähne beneidet, weil sie auf Ausflugsfahrt gehen durften und du nicht!?«

Da nickte sie und ließ mich einfach machen. Sie ließ sich ihren Rock anziehen, bei dem der Reißverschluss klemmte, und die kratzigen Wollsocken und einen Schal um den Hals wickeln. Ich nahm Mamas Fleece aus der Tasche, um ihn ihr über den Kopf zu ziehen.

»Jetzt die Arme in die Ärmel«, sagte ich.

»Was soll das werden, Seniorengymnastik?«

»Etwa schon eingerostet?«

»Phht«, machte Oma Hilde.

Nach dem Pullover kämpften wir gemeinsam mit der Skihose meines Vaters, die Hosenbeine krempelte ich dreimal um. Oma Hilde verlangte nach ihrem Handspiegel aus dem Bad. Ich hielt ihn so, dass sie sich von hinten bewundern konnte.

»Ein Hintern wie ein Brauereipferd«, stellte sie fest. »Damit locke ich keinen Mann mehr hinter dem Ofen vor.«

»Das wollen wir heute ausnahmsweise auch nicht«, sagte ich. »Heute haben wir schon etwas anderes vor.«

Schließlich half ich ihr in den Rollstuhl, der neben

dem Rollator am Ende ihres Bettes geparkt stand.
Ich legte ihr die Wärmflasche auf den Schoß, und
wir waren startklar.

Kurz darauf standen wir draußen in der Kälte. Oma
Hilde legte ihren Kopf in den Nacken, um die Sterne
zu betrachten.

»In Wirklichkeit sind es viel mehr«, sagte sie.
»Man kann sie nur nicht richtig sehen, wegen der
Lichter der Stadt.«

»Das nächste Mal frage ich den Bürgermeister, ob
er sie für uns ausknipst. Sitzt du bequem?«

»O ja, und was hast du in dem Rucksack?«

»Eine Überraschung.«

Und dann kippte Oma Hildes Kopf mit meiner
Mütze obendrauf zur Seite, und sie war eingeschlafen. Von jetzt auf gleich, verrückt, das konnte nur
Oma Hilde. Und ich schob sie durch die stillen Straßen. Zum Stadtrand hin gesellte sich eine Katze zu
uns, sie begleitete uns eine Reihenhaussiedlung entlang, bevor sie mit einem Sprung hinter eine Hecke
verschwand. Unter der letzten Straßenlaterne nach
Osten raus stand das Schild, das den Beginn des Er-
holungsgebietes anzeigte. Ich knipste die Taschenlampe an, schaltete sie aber nach ein paar Metern
wieder aus. Der Mond schien heute Nacht hell genug für uns.

Der Rollstuhl rumpelte über eine Lichtung, und die gefrorenen Grashalme knirschten und gaben federnd unter meinen Schritten nach. Plötzlich endete der Weg, und wir standen vor einem See. Er sah aus wie auf einer Postkarte, gar nicht wie echt. Kein Lüftchen regte sich, es war so still, dass man glauben konnte, man hätte Mohrrüben in den Ohren stecken oder sonst irgendetwas. Das Schilfgras an den Ufern stand in alle Richtungen ab, wie Bens Haar, wenn er morgens aus dem Bett gekrabbelt kam. Und der riesige Baum auf der kleinen Insel in der Mitte des Sees, eine Trauerweide, sah aus wie ein unglückliches Gespenst mit langen Armen. Ich war im letzten Sommer einmal mit Marlies und Belinda hier gewesen. Wir hatten wie Tarzan an den Zweigen geschaukelt und uns dann mit wildem Kreischen ins Wasser fliegen lassen.

Ich weckte Oma Hilde, was nicht leicht war, aber schließlich gelang es mir, indem ich sie sanft in die Wange zwickte. Sie öffnete die Augen, riss sie erstaunt weiter auf und schaute stumm auf den See hinaus. Dann pfiff sie leise einmal durch die Zähne und verstummte wieder. Ich überlegte, ob sie erneut eingeschlafen war oder gar nicht erst richtig aufgewacht. Aber da sagte sie etwas mit ihrer dünnen rauen Stimme, das in jeden Winkel meines Körpers kroch:

»Winterzeit, es tanzt der Reigen
Mondenstrahl in Wald und Flur.
Und darüber thront das Schweigen.
Und der Winterhimmel nur.«

»Schön«, sagte ich. »Hast du das gedichtet?«
»Goethe.«
»Ah!« Von dem hatte ich schon mal was gehört. Er
war sehr berühmt und schon lange tot. So ist das mit
vielen sehr berühmten Leuten.
»Danke«, sagte Oma Hilde.
»Ja, aber wofür denn?«
»Dafür.« Sie nickte zu dem See und dem Mond
und zu all dem, das der liebe Gott heute für uns hier
aufgefahren hatte.
»Aber es geht doch erst los.«
Ich schob Oma Hilde mit einem leichten Holpern
den Weg hinunter auf das Eis. Es war wahnsinnig
glatt, und ich war froh, dass ich mich an ihrem Rollstuhl festhalten konnte. Ich holte meinen Rucksack
vom Rücken. »Ich habe dir noch etwas Hübsches
zum Anziehen mitgebracht.«
Und dann zuppte ich den Reißverschluss auf und
holte sie hervor. Mein Herz hämmerte jetzt vor Aufregung unter meinen Pullovern, und Oma Hilde, die
bekam vor Schreck Augen groß wie Tomaten.
»Nein«, sagte sie.

»Doch«, sagte ich.

»Nein, auf keinen Fall.«

»Aber klar doch.«

Ich hielt die Schlittschuhe an den Schnürsenkeln und ließ sie vor ihren Augen baumeln, so wie vor ein paar Tagen, nachdem ich sie in der verstaubten Ecke unter ihrem Bett gefunden hatte. Vor so vielen Jahren hatte sie der Mann, der noch immer in ihrem Herzen war, für sie aus Liebe zusammengeschustert. Wo hatte er all die Sachen, die er dafür benötigt hatte, das Leder, die Kufen, die kleinen goldenen Klemmen für die Schnürsenkel und dieses Fell, puschelig und weich, oben in Russland bloß herbekommen? Das würde für immer sein Geheimnis bleiben. Aber es war klar, dass er sich die Mühe nur gemacht hatte, damit seine Hilde wenigstens ein einziges Mal in ihrem Leben auf ihnen schlittern konnte.

»Lulu-Schätzchen, hör zu, das ist eine ganz reizende Idee von dir. Ich weiß gar nicht, was ich sagen soll. Aber sieh mich an, ich bin eine alte Frau.«

Ich sah sie an, aber die Dunkelheit hatte ihre kleinen und großen Falten verschluckt. Gut, sie saß leicht gebeugt in ihrem Stuhl, aber ich konnte immer noch das Mädchen in ihr sehen, von dem sie mir so viel erzählt hatte. Sie zwackte mich ins Bein, ich konnte es kaum spüren durch meine dicke Strumpfhose.

»Hast du gedacht, ich würde aufstehen und über das Eis tanzen?«

Hatte ich das gedacht? Vielleicht. Was hatte ich mir überhaupt gedacht? Nicht viel, es war einfach nur so ein Gefühl gewesen. Ich versuchte, mir meine Enttäuschung nicht anmerken zu lassen.

»Na ja, dann bleiben wir einfach ein wenig hier stehen und schauen uns den Mond an, okay?!«

»Die Idee gefällt mir.«

»Ich habe auch Eispralinen dabei. Möchtest du eine?«

»Ich könnte mir gerade nichts Schöneres vorstellen, als auf dem Eis Eispralinen zu knabbern«, behauptete Oma Hilde.

Also beugte ich mich über meinen Rucksack und entdeckte die transportable Musikanlage, die ich heute Nachmittag in ein Handtuch gewickelt und verstaut hatte. Ich hatte sie doch glatt vergessen. Die CD lag schon drin, startklar und auf Nummer vier programmiert.

»Die Pralinenpackungen werden auch immer größer«, stellte Oma Hilde fest. Sie nickte dem schwarzen Kasten zu, den ich gerade so auf dem Eis aufbaute, dass die Lautsprecher zur Mitte des Sees zeigten. Mit dem Licht meines Handys suchte ich die Starttaste. Es surrte ein wenig, klackerte, nachdem ich sie gedrückt hatte, und dann flogen und

hüpften die Töne von Stück Nummer vier aus
»Schwanensee« über das Eis. Dabei ließ ich Oma
Hilde nicht aus den Augen. Beim ersten Ton zuckte
sie regelrecht zusammen. Wer rechnet schon damit,
dass eine Pralinenpackung so wunderschöne Musik
von sich gibt. Und wunderschön war sie, das musste
ich zugeben. Ja, hier in der Nacht auf dem Eis begann ich zu ahnen, was Musik mit einem anstellen
konnte. Und dann geschah das Unglaubliche. Als die
Töne zu schweben begannen, man konnte es einfach
nicht anders nennen, und in großen Schwüngen gefühlt bis zu den Tannenspitzen aufstiegen, begann
Oma Hilde ihren Kopf auf dem Hals hin und her zu
schieben – so, als hätte sie einen Schwanenhals, was
ja sehr gut zu dem Titel »Schwanensee« passte. Und
mit dem Trommelwirbel, der dann folgte, stützte
sich Oma Hilde auf den Armlehnen ab und stemmte
sich aus dem Stuhl auf, bis sie wackelig, aber fast gerade auf dem Eis stand. Sie streckte mir ihre Hand
entgegen, und ich stellte mich dicht neben sie, so
dass sie sich gut auf mir abstützen konnte. Ich hörte
sie tief Luft holen, sie krallte ihre Finger in meine
Schulter. Meine Güte, sie hatte eine Kraft, die ich
ihr nicht zugetraut hatte. Das würde morgen ein
paar blaue Flecken geben, aber die nahm ich gerne
in Kauf für das, was Oma Hilde nun tat. Sie trippelte
los, drei, vier Schritte über das Eis, und dann glitt

sie. Ein paar Zentimeter nur, vielleicht so viel wie eine Banane lang ist, aber sie glitt.

Dann stand sie da, ganz still, als müsste sie darüber nachdenken, was sie gerade getan hatte.

»Das war …«, begann sie.

»Ja!«, sagte ich.

»Das … hast du das gesehen, Lulu-Schätzchen?!«

Ich kicherte, und Oma Hilde legte ihren Kopf in den Nacken und stieß etwas hervor, das mich an Wolfsgeheul erinnerte, bevor sie loslachte. Sie lachte und lachte, und als sie sich wieder eingekriegt hatte, sagte ich, sie solle sich mit einer Hand wenigstens am Stuhl festhalten, damit ich mit meinem Handy ein Foto schießen konnte.

Irgendeine Kirchenglocke schlug zehnmal, da erreichten wir den Häuserklotz in der Mendelssohnstraße, in dem nur noch ein paar Fenster erleuchtet waren. Wir trafen niemanden auf dem Flur, alle außer uns hatten sich längst schlafen gelegt oder glotzten Fernsehen. Geräusche von Polizeisirenen und quietschenden Reifen drangen durch die Türritzen. Natürlich war Oma Hilde eingeschlafen, noch bevor wir das Naturschutzgebiet hinter uns gelassen hatten. Ich ließ sie schlafen und weckte sie erst, nachdem ich den Rollstuhl direkt neben ihrem Bett geparkt hatte. Dabei bekam ich sie gar nicht richtig wach. Sie schlief mit offenen Augen und offenem Mund, und ich hatte jede Mühe, ihr all das Zeug wieder auszuziehen, die Skihose, Mamas Pullover, alles. Der Reißverschluss vom Rock klemmte auch dieses Mal, und so ließ ich ihn ihr schließlich an – ich war zu müde für solche Geduldspielchen. Zum Glück war das Bett so niedrig, dass ich sie wie einen nassen Sack einfach hinüberziehen konnte. Ich deckte sie zu, packte ihre Füße ein und strich ihr über die Wange, die sich weich und dünn wie Seide anfühlte. Oma Hildes Augenlider klappten auf.

»Hast du das gesehen, Lulu-Schätzchen, ich habe die Babys zum Rutschen gebracht.«

Während ich nach Hause radelte, überlegte ich, wen sie mit »Babys« gemeint hatte. Ich war eindeutig sehr müde und deshalb schwer von Begriff. Natürlich ihre Schlittschuhe, wen denn sonst! Und weil ich mich kaum noch auf den Beinen halten konnte, wagte ich, zurück in mein Bett, den Weg voller Gefahren durch die Haustür. Aber nicht einmal die knarrende Treppenstufe Nummer sieben schreckte meine Eltern aus dem Schlaf. Ich sackte in die Kissen und schlief, als hätte mir jemand einen K.-o.-Schlag verpasst – bis mich Mama zur zweiten Stunde weckte, obwohl ich doch erst zur dritten hatte.

216

Siebenundzwanzigstes Kapitel, in dem es ein Nachspiel, aber kein Flötenspiel gibt

Mama schenkte mir Kakao ein, der Duft stieg süß in meine Nase und machte mich etwas munterer.

»Ich habe dich heute früher geweckt. Ich dachte, da können wir noch gemeinsam frühstücken.«

»Reichst du mir bitte mal die Butter?«

»Was?«, fragte ich.

»Die Butter!«

Ich gab Mama die Marmelade.

»Lulu, alles klar mit dir?«

»Nur müde.«

»Das warst du doch gestern Abend schon. Erinnere mich mal, dass wir deine Eisenwerte überprüfen lassen.« Sie griff über meinen Teller und angelte sich die Butter. Sie verteilte sie so gleichmäßig auf ihrem Brot, dass sie schimmerte wie die Oberfläche eines gelben Sees.

»Agathe hat auch schon angerufen. Stell dir vor, Hilde hat ihren Rock wieder angezogen, irgendwann in der Nacht. Sie hat gesagt, ihr sei kalt gewesen. Verrückt, manchmal schafft sie es nicht, alleine ihre Pantoffeln anzuziehen, und dann kommt sie ohne Hilfe aus dem Bett, zum Schrank und sogar in ihren Rock.«

»Hm«, machte ich.

Mama ließ das halb gegessene Brötchen auf dem Teller liegen.

»Du, ich muss los, räumst du noch ab?«

Sie gab mir einen Kuss, kruschelte ein paar Minuten lang im Bad herum und zog die Haustür hinter sich zu. Und ich suchte den Hörer und rief gleich Oma Hilde an.

Heute war Oma Hilde müde. Ich hörte es an ihrer Stimme, sie klang wie ein heiseres Vögelchen.

»Heute bleibe ich mal im Bett«, sagte Oma Hilde. »Heute ruhe ich mich mal richtig aus.«

»Bist du müde vom Schlittschuhlaufen?«, fragte ich.

Hatte ich Oma Hilde am Ende doch zu viel zugemutet?

»Aber nein, Lulu-Schätzchen, denk doch nicht so was, nicht vom Schlittschuhlaufen.« Oma Hilde lachte leise. »Vom Leben ruhe ich mich aus.«

Das konnte ich nur zu gut verstehen. Du liebe Güte, was Oma Hilde alles erlebt hatte. Wenn ich so viele Kartoffeln gesammelt und Kohlen geschleppt hätte und all das, würde ich sicher auch andauernd schlafen.

»Soll ich dir etwas auf der Flöte vorspielen?«

»Nein, danke.«

»Etwas zum Entspannen, Mozart vielleicht. Leider kann ich nix von ›Schwanensee‹.«

»Nein danke, wirklich nicht.«

Obwohl ich eigentlich nie freiwillig Flöte spiele, war ich komischerweise ein kleines bisschen enttäuscht.

»Ja, warum denn nicht? Mama sagt, Omas sind ganz versessen darauf, wenn Kinder ihnen etwas auf der Flöte vorspielen.«

»So, sagt sie das?«

»Ja, und ich muss sowieso üben, Weihnachten soll ich vor der ganzen Gemeinde spielen, als Engel verkleidet. Mama hat schon mein Kostüm genäht.«

»Du spielst sicher sehr schön, Lulu, ich mag nur einfach diese hohen Töne nicht.«

Da dachte ich, dass ich das sehr gut verstehen konnte. Selbst wenn ich keine Fehler machte, fand ich, dass eine E-Gitarre einfach besser klang.

»Eigentlich mag ich's ja auch nicht so, aber Mama

sagt, ich würde es später bereuen, wenn ich nicht fleißig übe. Das bereut sie nämlich heute auch.«

»Und warum übt sie dann nicht? Sie könnte doch auch Flötenunterricht nehmen?«

Und da dachte ich, dass man merkte, dass Oma Hilde einfach um einiges älter war als Mama. Sie wusste einfach mehr.

»Lulu, versprichst du mir was?«

»Was denn?«

»Vergiss es niemals!«

»Was? Flöte zu spielen?«

»Nein, vergiss niemals gestern Abend. Vergiss nie, deinem Stern zu folgen.«

»Aber nein, wie kommst du denn da drauf.«

Oma Hilde summte zwei Takte aus dem Tanz der Schwäne, ich erkannte es sofort. Dann fragte sie:

»Wie sieht denn heut der Himmel aus?«

»Wie bitte?«

»Der Himmel, Lulu, wie sieht er aus?«

»Schön, glaube ich.«

»Schau nach!«

Also kletterte ich für meine Oma Hilde auf den Schreibtisch, um besser aus dem Fenster sehen zu können.

»Ja, schön, er sieht schön aus.«

»Ginge es auch genauer.«

Da schob ich die Gardine zur Seite, setzte mich

im Schneidersitz hin und betrachtete die Wolken, die wie plustrige Inseln im blauen Himmel segelten. Genau das erzählte ich meiner Oma. »Und unendlich sieht er aus«, sagte ich.

Ich beobachtete einen kleinen Vogel, der flatterte, als wollte er einen neuen Rekord im Flügelschlagen aufstellen. Er versuchte, zu den Wolken zu gelangen.

»Wie es dort oben wohl ist?«

»Auf jeden Fall braucht man da keine Stützstrümpfe mehr.«

»Und Flöte üben braucht man auch nicht.«

»So ist es«, sagte Oma Hilde. Und dann kicherten wir beide.

Mein Blick fiel auf die Uhr. Verflixt, ich war schon fast zu spät. »Mach's gut, Oma Hilde, ich muss los.«

Und dann war ich vom Tisch runter und zehn Sekunden später zur Tür raus.

An diesem Tag zog die Schule wie Nebelschwaden an mir vorüber. Ich bekam kaum etwas mit, ich war einfach zu müde. Frau Sommer nahm mich zweimal dran, was ich aber nur merkte, weil Belinda mich in die Seite knuffte. Ansonsten ließen mich die Lehrer in Ruhe. Sie sahen mir wohl an, dass ich mich im »Bitte-nicht-stören-Modus« befand und sie sich schon sehr anstrengen müssten, damit ihre Signale zu mir durchdrangen. Und da Lehrer auch nur Menschen sind, die sich nicht gerne überanstrengen, ließen sie es bleiben und notierten vermutlich schlechte Noten in ihren Notizheften für meine mündliche Mitarbeit.

Achtundzwanzigstes Kapitel, in dem Oma Hilde sich vom Leben ausruht

Zu Hause waren alle ausgeflogen. Ich rief ein »Hallo«, aber meine Stimme verhallte ohne Antwort im Treppenhaus. Es roch auch nicht nach Essen, nicht mal das! Ich schaute in den Topf auf dem Herd, in die Mikrowelle, in den Ofen, überall gähnende Leere, und ich musste gleich mitgähnen. Ich holte mein Lateinbuch aus dem Ranzen, legte mich damit auf die Küchenbank und wartete. Natürlich warf ich keinen Blick hinein. Vokabellernen wäre in meinem Zustand hoffnungslos gewesen. Ich hatte es mir nur zu Alibi-Zwecken auf die Bank geholt, falls Mama auf die Idee kam, mich zu fragen, warum ich nicht schon mal das Essen gekocht hatte, zum Beispiel Spaghetti mit Ketchup, die jedes Baby hinbekommt. Ich bettete meinen Kopf auf das Buch und muss wohl gleich eingeschlafen sein. Als ich erwachte, spürte ich den schwitzigen Abdruck des Umschlags auf meiner linken Wange. Der Geruch von Plastik kribbelte leicht in meiner Nase, und aus meinem rechten Augenwinkel nahm ich Mamas Gesicht wahr. Ich blinzelte, denn Mamas Kopf stand im Licht der Küchenlampe.

»Mama!«

»Ja?«

»Du siehst aus, als hättest du einen Heiligenschein. Fast wie ein Engel.«

Mama lächelte, aber ihr Lächeln sah müde aus. Vielleicht würde sie weniger Widerstand leisten, wenn sie müde war. Ich setzte mich auf.

»Mama, ich habe mir überlegt, ich will nicht mehr Flöte spielen. Ich finde es furchtbar, die Töne, die Lieder, alles. Und wenn es dir so wichtig ist, dann frag doch Herrn Robowioff, ob du meine Stunden übernehmen kannst. Und das Engelskostüm könntest du Marlies schenken, ihre Mutter kann nicht nähen.«

Mama nickte nur, sonst nichts. Kein: »Aber du wirst es bereuen«, kein Fünkchen Widerstand, sie lächelte nur weiter. Und jetzt bemerkte ich auch Papa, er war gekommen, mitten am Tag. Das war so ungewöhnlich, dass es etwas zu bedeuten hatte. Und dann sah ich den Brief. Er hielt ihn in seiner Hand, und da ich Augen wie ein Adler habe, konnte ich lesen, dass der Brief von der Polizei war. Mir wurde auf der Stelle richtig schlecht. War das Mistding also doch noch gekommen, dachte ich. Musste ich jetzt ins Gefängnis? Lächelte Mama deswegen so, als ob ich ihr leidtat? Und Papa? Jetzt war ich dran.

»Papa, ich kann dir das erklären.«

»Was?«

»Das mit dem Brief.«

»Ach so, später, ist nicht wichtig. Irgendetwas mit Inlinern, die sie wiedergefunden haben. Aus irgendeinem Grund hatten sie dich verdächtigt.«

»Ja, weil …«

Papa winkte ab. »Ein anderes Mal.«

Ich schüttelte mich, träumte ich? Meine Eltern schauten mich so ruhig und gleichzeitig mit einer Ernsthaftigkeit an, als kämen sie von einem fernen Planeten und sähen mich zum ersten Mal – ein Erdenkind mit dem Abdruck eines Lateinbuchs auf der Wange.

»Komm bitte mit ins Wohnzimmer, wir müssen mit dir reden.«

Irgendetwas lag in der Luft, etwas, das größer war als gestohlene Inliner oder ein Weihnachtskonzert ohne Engel Lulu. Ich folgte meinen Eltern so steif wie ein aufgezogenes Spielzeugmännchen aus Blech. Vielleicht hatten sie von der nächtlichen Schlittschuhtour Wind bekommen.

»Setz dich doch erst mal«, sagte Mama.

Meine Eltern setzten sich mir gegenüber. Mama zupfte ihren Rock glatt, und Papa räusperte sich.

»Du hast dich sehr liebevoll um Oma Hilde gekümmert«, sagte Papa. »Das hat sie glücklich gemacht.«

Mama nickte.

Also nicht, dass ich schwer von Begriff bin, aber wenn man mir wochenlang vorwirft, ich hätte zu wenig Verantwortungsbewusstsein und mich dann plötzlich lobt, weil ich so eine tolle Altenkümmerin bin, dann stehe ich auf dem Schlauch. Irgendetwas war hier faul. Meine Eltern saßen sehr gerade auf der vorderen Sesselkante und bemühten sich doch, ganz locker zu tun. Und da wusste ich plötzlich, was sie mir sagen wollten. Sie ließen sich scheiden! So war es bei Marlies gewesen. Ihre Eltern hatten im Wohnzimmer gesessen und die Bombe geschmissen. »Wir trennen uns!« »Bomm!« »Wo möchtest du wohnen?« »Bomm.« Ich spürte die Einschläge schon in meiner Magenkuhle. Papa legte Mama seine Hand auf das Knie, und Mama legte ihre obendrauf. Hielt man noch Händchen, wenn man sich scheiden ließ?

»Oma Hilde ist heute Morgen eingeschlafen«, sagte Mama.

»Ja, sie muss sich viel ausruhen«, sagte ich. »Vom Leben, von all dem, ihr habt ja keine Ahnung.«

Mama nickte.

»Aber dieses Mal wird sie nicht mehr aufwachen«, sagte Papa.

»Ja, die kann schlafen wie ein Bär im Winterschlaf. Da muss man sie nur in die Wange zwicken, und dann …«

»Lulu, du hast nicht verstanden.«

Natürlich hatte ich es nicht verstanden. Vielleicht wollte ich es auch nur nicht verstehen. Papa sprach jetzt ganz langsam, betonte jedes Wort, so, als redete er zu dem kleinen Kind, das ich einmal gewesen war.

»Niemand kann sie mehr aufwecken, Lulu. Sie ist für immer von uns gegangen.«

»Sie ist gestorben«, sagte Mama.

Und da verstand ich endlich.

Tot. Sie war mausetot. So tot wie Belindas Meerschweinchen.

Bilder schwirrten mir durch den Kopf. Oma Hilde in ihrem viel zu großen Sessel, Oma Hilde wie sie grinste, mit und ohne Zähne, Oma Hilde, die in ihren Hausschuhen zum Bett schlurfte, die Däumchen drehte. Ich hörte ihre wunderbare Stimme, ich roch ihren Veilchenduft, ich sah sie auf dem Sitz des Gabelstaplers schwankend um die Ecke verschwinden, und wie sie auf dem Eis den Mond angejohlt hatte. Das alles, nie mehr und noch viel mehr, ach, nie mehr alles, nicht mehr da!

»Nein!«, brüllte ich.

»Sie war schon sehr alt«, sagte Mama.

»Sie ist uns auch ans Herz gewachsen, aber so ist der Lauf der Zeit«, sagte Papa.

Mama und Papa erhoben sich, beide gleichzeitig kamen sie auf mich zu, aber ich wich ihren Händen aus.

»Stimmt gar nicht!« Ich rannte an ihnen vorbei. »Ihr seid doch froh, ja, eine Sorge weniger.«

»Lulu!« Die Stimme meines Vaters klang plötzlich streng. »Wie kannst du so etwas sagen.«

»Tu ich aber! Ist schließlich die Wahrheit.«

Ich stürmte aus dem Wohnzimmer, meine Eltern mir nach. Im Treppenhaus fischte ich nach meinen Boots, angelte meine Jacke vom Haken.

»Lulu, nun warte doch.«

Mamas Stimme klang hilflos und viel zu schwach, um mich aufzuhalten oder gar zu trösten. Sie versuchte, mich am Ärmel festzuhalten, aber ich entwischte ihr, rannte die Treppe hinunter. Draußen lief ich weiter, einfach durch die Straßen, ohne zu wissen, wo ich war. Ich lief, bis die eisige Luft wie Feuer in meiner Lunge brannte. Da hielt ich mich am Zaun fest und presste mir meine Faust in den Bauch. Ich wollte den Schmerz aus mir herausdrücken, ich wollte ihn loswerden. Eine Frau mit Kinderwagen stoppte neben mir. »Kann ich dir helfen?«

Ich weinte los, und sie nahm mich in die Arme, so lange bis ich ihren ganzen Mantel vollgeheult hatte und sie mir ihr Baby zeigte. Es war genauso zahnlos wie Oma Hilde es gewesen war. Die Frau gab mir ein Taschentuch, und ich schnäuzte alles aus mir heraus. Und plötzlich wusste ich, welcher Ort mir guttun würde.

Eine Viertelstunde später lag ich mit dem Rücken auf dem See, ziemlich genau in der Mitte. Ich hatte das ganze Plätzchen beinahe für mich alleine, nur zwei Amseln staksten auf dem Eis herum und hoben so zackig ihre Beinchen, als hätten sie Angst, kalte Füße zu bekommen. Ich hatte meine Arme hinter dem Kopf verschränkt, schaute dorthin, wo Oma Hilde nun vermutlich war.

Egal, an welchen Gott man glaubte, wenn man denn glaubte, da waren sich die Heiligen aller Religionen einig, am Ende wartete das dort oben auf einen. Und so viele Heilige konnten sich doch unmöglich irren, oder?

Ich spürte etwas Feuchtes in meinem Gesicht, auf der Nase, den Wangen, auf meinen Lippen. Es hatte zu schneien begonnen.

Neunundzwanzigstes Kapitel, in dem das Beste zum Schluss kommt

Die Beerdigung war an einem Freitag. Damit ich dabei sein konnte, bekam ich schulfrei und das, obwohl wir eine Deutscharbeit schrieben. Mama schlug vor, dass ich in der Kirche auf der Flöte »Lobe den Herren« spielen sollte, aber ich fragte Mama, ob sie denn wolle, dass Oma Hilde zu guter Letzt noch einen Hörschaden bekam und ihr die Ohren abfielen. Das wollte Mama nicht, sie seufzte nur einmal und gab Ruhe. Der Himmel zog sich zu, es begann zu schneien, und eine dünne Schicht aus Puderzuckerschnee legte sich über Wege, Gräber und Grabsteine, und selbst in der Kirche war es so kalt, dass Atemwölkchen aus den Mündern aufstiegen. Es waren nicht viele Leute gekommen, nur die ersten zwei Bänke waren zur Hälfte besetzt, und die Schritte hallten merkwürdig einsam durch die hohe

Kirchenhalle. Vorne gab es eine Bühne, und auf der stand der Sarg. Er war kleiner als Oma Hildes Bett, aber immerhin groß genug, dass Oma Hilde sich darin nicht den Kopf stoßen musste. Und er war mit Blumen geschmückt, ich glaube Rosen und Nelken, und noch etwas Exotisches, auf jeden Fall weiß und rot. Ich musste ihn die ganze Zeit anstarren, als könnte ich ihn mit meinen Augen durchbohren und einen Blick auf Oma Hilde erhaschen. Ich stellte sie mir vor, auf dem Rücken liegend, die Hände über dem Bauch gefaltet, die Augen geschlossen und ihr Lächeln. Niemals wieder würde sie mich anlächeln. Ich hatte etwas Wichtiges verloren, das wusste ich, vielleicht würde ich es nie wiederfinden. Doch in die graue Traurigkeit in meinem Bauch mischte sich etwas anderes, und das war warm und hell und berührte mein Herz. Es hatte etwas mit Dankbarkeit zu tun. Ich war dankbar für jede Minute, die wir gemeinsam verbracht hatten.

Dann begann die Orgel zu spielen, ihre Töne füllten die ganze Kirche. Ich konnte sie in meinem Bauch spüren, sie machten sich in meinem Herzen breit. Mir wurde so feierlich zumute wie sonst nur an Weihnachten. Ich wurde auch ein wenig müde davon, und Mama legte ihre Hand auf mein Knie. Der Pfarrer hatte sich hinter das Rednerpult gestellt. Er hatte viele weiße Haare und war der Einzige, der nicht schwarz angezogen war. Über einem weißen Gewand trug er einen lila Schal. Er machte ein trauriges Gesicht, obwohl er Oma Hilde gar nicht gekannt hatte. Mit einer tiefen Stimme sang er ein Lied, das von Abschied erzählte, dann sagte er:

»Unser Leben lang folgen wir dem Licht von Gottes Liebe, bis er uns schließlich nach Hause holt und wir in sein lächelndes Gesicht sehen dürfen. Hilde hatte ein sehr bewegtes Leben hinter sich, das sie in den letzten Wochen ruhig und zurückgezogen in ihrem Lieblingssessel hat ausklingen lassen.«

Ich schüttelte den Kopf, »ruhig und zurückgezogen!«, also wirklich. Der Pfarrer hatte keine Ahnung, und bevor ich darüber nachdachte, was ich tat, schoss meine Hand in die Höhe. Der Pfarrer wollte weitersprechen, aber ich schnipste mit dem Finger.

»Lulu, was ist?«, flüsterte Mama von links.

»Ja?«, sagte der Pfarrer und hob fragend seine Augenbrauen.

»Aber das stimmt gar nicht«, sagte ich.

Alle Köpfe drehten sich zu mir, der Pfarrer schob seine Brille ein Stückchen die Nase herunter und schaute mich über den Brillenrand hinweg an.

»Nein, war es nicht so, kleines Fräulein? Magst du dann nach vorne kommen und uns erzählen, wie es in Wirklichkeit gewesen ist?«

»Allerdings.«

In der Kirche wurde plötzlich geflüstert. Papa schaute mich stirnrunzelnd an, doch er erhob sich, ebenso wie Mama, damit ich aus der Bank rutschen konnte. Ben, der auf Mamas Arm strampelte, griff nach meinen Haaren, aber ich schüttelte ihn ab. Als ich an dem Sarg vorbeikam, klopfte ich einmal leise auf den Deckel, um Oma Hilde »Hallo« zu sagen.

»So, dann komm mal hierher in die Kanzel«, sagte der Pfarrer.

Er stellte das Mikro ein Stockwerk tiefer, und es schwebte groß und rund vor meinem Mund. Ich konnte das Rauschen meines Atems aus den Lautsprecherboxen oben von der Decke hören, alle schauten mich an: Mama und Papa, Ben, der an Mamas Halstuch zog und versuchte, Mama zu erwürgen, Agathe und ein paar alte Damen mit Hüten auf den weißen Haaren, auch Marlies und Belinda, die in der ersten Reihe in ihren dicken Jacken hockten. Ich beugte mich noch dichter ans Mikro.

»Oma Hilde war eine Oma, die Kuchenbrei liebte und ihre Zähne rein- und rausnehmen konnte. Sie konnte nicht nur sehr gut mit ihrem Rollwagen um jede Ecke lenken, sondern sie konnte auch sehr gut Gabelstapler fahren.«

Ein paar Lacher kamen aus dem Publikum, und der Pfarrer neben mir räusperte sich.

»Wir haben es nämlich am Ende noch mal richtig krachen lassen, Oma Hilde und ich. Niemals werde ich vergessen, wie wir auf dem See Schlittschuh gelaufen sind zu der wunderschönen Melodie von ›Schwanensee‹.«

Und da, als ich genau an diese Melodie dachte und an den Mond, wie er seinen schimmernden Schein auf das Eis und auf Oma Hilde geworfen hatte, musste ich doch losweinen, so plötzlich, als hätte jemand in meinen Augen einen Wasserhahn angedreht – vor all den Leuten! Im ersten Augenblick fand ich das voll peinlich, aber dann dachte ich, dass ich hier nicht so stehen würde, wenn ich Oma Hilde gar nicht erst kennengelernt hätte, und das wäre wirklich schade gewesen. Die Hand des Pfarrers tätschelte meinen Hinterkopf, und er beugte sich über das Mikrophon.

»In unseren Träumen erleben wir die schönsten Dinge«, sagte er. »In unseren Träumen werden unsere Wünsche lebendig.«

Ich schaute ihn an, er glaubte mir nicht.

»Lulu komm, setz dich wieder auf deinen Platz«, sagte Papa.

»Komm her, es ist alles okay«, sagte Mama.

Ich spürte, wie ich langsam wütend wurde.

»Nein, nichts ist okay«, sagte ich. Mit dem Ärmel wischte ich mir über die Augen. »Weil ihr keine Ahnung davon habt, wie Oma Hilde wirklich war. Für euch war sie nur eine alte Frau, die irgendwie versorgt werden musste.«

»Lulu«, sagte Papa. Es klang so, als wollte er ein wildes Pferd beruhigen.

»Jawohl, ihr habt euch gar nicht die Mühe gemacht, sie kennenzulernen. Sie ist mit mir Schlittschuh gelaufen, vor zwei Tagen, jawohl, das ist sie.«

»Lulu, komm sofort zurück auf deinen Platz.«

»Wetten!«, rief ich.

»Der Pfarrer legte mir seine Hand auf die Schulter. »In deiner Trauer, mein Kind, bist du nicht allein. Gott hilft dir dabei.«

Ich beachtete ihn nicht.

»Wetten, um ein paar Inliner.«

Jetzt wurde Papa sauer, er lief vom Kinn hinauf rot an. In der Kirche konnte man Ben im Gesangbuch blättern hören, so still war es geworden »Komm sofort hierher, Lulu!«

Da holte ich mein Handy aus meiner Hosentasche. Ich knipste mich durch das Menü, bis ich das Foto von Oma Hilde fand, das, wo sie auf Schlittschuhen steht und den Mond anlacht. Auch wenn sie dort dick vermummt war, konnte man sie eindeutig erkennen, und man konnte sehen, dass sie bis über beide Ohren strahlte. Ich drückte das Handy dem Pfarrer in die Hand.

»Hier, da kann mal jeder gucken, der es nicht glaubt.«

In der ersten Reihe begannen Belinda und Marlies zu klatschen. Ich schritt die drei Stufen hinunter, an den Gästen in den schwarzen Mänteln vorbei und aus der Kirche hinaus. Der Schnee war nun so tief, dass er meine Schritte federn ließ und unter meinen Sohlen knirschte. Ich holte meine Handschuhe aus der Jacke und zog sie an. Ich schaute in den Himmel, aber ich konnte nur tanzende Schneeflocken sehen. Sie legten sich auf mein Gesicht, und ich spürte, wie sie zu kleinen Tropfen schmolzen. Da hielt mich jemand am Ärmel fest, in dem Schnee hatte ich die Schritte nicht kommen gehört. Ich drehte mich um, Agathe stand vor mir. Sie hatte rote Augen und eine rote Nase. In ihrer freien Hand balancierte sie ein großes Paket. Sie guckte auf die große rosa Schleife, als sie sprach. »Ist noch für dich.«

»Oh«, sagte ich, was Besseres fiel mir nicht ein. Ich nahm ihr den Karton ab, er war ganz schön schwer. Agathe lächelte etwas schief.

»Hast recht gehabt, weißt du?«

»Womit?«

Agathe zuckte mit den Schultern.

»Mit allem.« Sie hob kurz eine Hand, als wollte sie mir zuwinken, und zog den Mantel enger um sich. Dann ging sie leicht gebeugt in die Kirche zurück. Ich schaute den Karton an und konnte mir keinen Reim darauf machen. Ich trug ihn aus dem Friedhofstor hinaus und stellte ihn auf einer Bank ab, Schnee rieselte hinab. Vorsichtig löste ich die Schleife und hob den Deckel an. Dort lagen die Schlittschuhe. Und auf einer Karte stand:

Das Beste kam zum Schluss.
Wenn der Traum gelebt ist, darf sich
der Vorhang ruhig schließen.
Ich danke Dir, Lulu-Schätzchen.
Deine Oma Hilde

Und dann riss der Himmel auf. Die Sonne brach sich ihren Weg durch die Wolken und strahlte plötzlich aus einem großen blauen Loch.

Danke

Ein riesiges »Danke« an alle Sichtbaren und Un-
sichtbaren, die mir dabei geholfen haben, dass am
Ende ein Buch daraus wurde, das ich sehr mag:
Allen voran meinem Mann Ralph, meinen Kindern
Frida, Paul und Julius, meinen Verschworenen Vera
und Natascha und meinen Eltern. Danke für eure
Inspirationen, Anregungen, Begeisterung und eure
Adleraugen beim Korrekturlesen. Sehr für all das
danke ich ganz besonders auch meiner wunderbaren Lektorin Helga Preugschat, die auch dann noch
an das Buch glaubte, als ich es nicht mehr tat. Und
ich danke meinem Opa, dass es da ein Häuschen im
Wald gibt, in dem es sich ganz wunderbar schreiben
lässt – am liebsten gemeinsam mit Vera.